실전,
모국어

실전,
모국어

양정규
소설집

청색종이

실전, 모국어

양정규 소설집

화분

그녀는 개나 고양이보다 화분이 더 무서웠다. 개나 고양이는 기분이 좋을 때 꼬리를 흔들거나 갸르릉 소리를 냈다. 화가 나면 털을 곤두세우고 눈을 치떴다. 하지만 화분은 도무지 알 수 없는 존재였다. 화분이 머금은 흙속에 어떤 모양의 뿌리들이 숨어 있는지, 그 뿌리와 흙 사이에 어떤 생물체를 품고 있을지 알 수 없었다. 화분은 한없이 여린 얼굴을 하고 향기를 뿜어내지만 그 속에서는 어떤 일들이 벌어지고 있을지 모를 일이었다. 지렁이가 똬리를 틀고 있을지도 몰랐다. 한 마리가 아니라 여러 마리가 서로 엉켜 군집형태로 있을 수도, 여러 개의 알을 화분 속 어딘가에 촘촘히 박아놓았을지도 모를 일이었다. 화분 속에서 일어나고 있을 것 같은 여러 가지 일들을 그녀는 상상했다. 그것이 속내를 드러내기 전까지는 알 수 없는, 한없이 아름답고 순진해 보이는 얼굴을 한 화분은 그래서 더 무섭다고 생각했다. 도자기든, 옹기류든, 토기든, 플라스틱이든, 무늬가 기하학적이든 화려한 채색을 한 것이든 고풍스러운 분위기의 민무늬이든 모두가 그랬다. 아무렇지도 않은 표정을 하고 있다가 갑자기 펑, 하고 터져버릴 것 같은 믿지 못할 음흉함이 그녀를 더욱 긴장시켰다.

평소 그녀는 화분을 가까이하지 않았다. 마음만 먹으면 그것이 가능했다. 주변에 화분이 있더라도 눈길을 피하면 그만이었다. 가능한 한 멀리에서 그것의 존재를 의식하지 않으려고 애쓰면 그런대로 괜찮았다. 주변 사람들, 심지어 그녀의 남편과 다섯 살 아들조차 그녀가 화분을 무서워한다는 사실을 알지 못했다. 그들은 그녀가 화분을 집에 들여놓지 않는 것은 단지 그녀의 취향일 뿐이라고 생각했다. 그녀 스스로도 그렇게 생각하려 애썼다. 언제부터 어떤 이유로 화분을 무서워하기 시작했는지 그녀도 알 수 없었다. 그녀 역시 그저 취향일 뿐이라고 믿었다. 개나 고양이를 싫어하는데 굳이 개나 고양이를 키울 필요가 없는 것처럼, 그것은 아주 자연스러운 일이라고, 그녀는 생각했다.

그녀의 하루 일과는 대체로 비슷했다. 아침 8시에 남편을 출근시키고 9시에 아이를 어린이집 차에 태워 보낸 후

집으로 돌아와 진공청소기를 돌리고 가구에 먼지를 닦았다. 죽 한 그릇으로 아침 겸 점심을 먹었다. 그리고는 아파트 단지 근처 병원을 돌아다녔다. 아파트 단지 근처에는 내과가 6곳, 치과가 3곳, 이비인후과가 2곳, 안과가 4곳, 피부과가 3곳, 정형외과가 3곳 있었다. 새로 병원이 들어설 때마다 새로 들어온 물건을 구입하듯 꼭 그 병원에 들러 진찰을 받았다. 그녀는 자주 아팠다. 자주 머리가 아팠고 배가 아팠고 설사를 했고 목구멍에 무언가 걸려 있는 것 같은 느낌이 들었다. 어느 날은 허벅지 근육이 당기는가 싶었다가 무릎이 끊어질 듯 통증이 왔고 그 증상으로 정형외과에 갔을 땐 발바닥만 조금 시큰거렸다. 병원을 돌아다니다 보면 어느새 3시가 다 되었다. 3시 30분쯤이면 어린이집 하교 차량이 도착할 시간이었다. 그녀는 그 시간에 맞춰 일과를 마무리하고 돌아왔다.

오늘은 아파트 단지에서 조금 떨어진 대학병원에 가는 날이었다. 지난주 했던 내시경 검사 결과를 보기 위함이었다. 지난 여러 달 동안 소화불량과 설사 증상으로 동네 개인병원 여섯 곳을 돌며 진료를 받았었다. 결과는 비슷했다. 약 일주일 분 받아 가시면 됩니다. 정 힘드시면 주사나 한 대 맞으시고요. 그녀가 겪는 고통에 비해 의사의 진단과 처방은 너무 냉랭하고 사무적이었다. 그녀는 의사가 처방해주는 약을 제대로 먹지 않았다. 제대로 된 처방이 아니라고 생각했다. 그녀는 약을 잘 먹지 않으면서 병이 잘 낫지 않는다고 투덜거렸다. 계속해서 병원을 바꿔 돌아다녔다. 그러다 보면 증상이 잠시 사그라졌다가 또 나타나기를 반복했다.

그녀는 그중 한 개인병원에서 진료의뢰서를 써달라고 말했다. 대학병원에 가서 제대로 된 검사를 받아봐야겠다는 이유였다. 오늘은 그 결과를 보기 위한 날이었다. 경쟁률 높은 대학이나 회사 면접 결과를 기다리는 사람과도 같은 심정이었다. 결과만 손꼽아 기다리던 지난 일주일 동안 그녀는 매일 전화를 기다렸다. 병원에서 급한 전화가 올 것만 같았다. 이를테면 이런 내용의 전화 말이다. 하마터면 큰일 날 뻔했습니다. 악성종양이 발견됐어요, 같은. 그렇지만 그런 전화는 오지 않았다. 그녀는 아무런 전화도 받지 못한 상태에서 병원에 가야 한다는 사실이 불안했다. 혹시 그녀에게 직접 들려주면 안 되는 불치의 병이 발견된 것일지도 모른다는 생각까지 하던 차였다.

그런 그녀 앞에 오늘 아침, 화분 하나가 떨어졌다. 병원에 가기 위해 아파트 현관 출입문을 막 나서려던 순간이었다. 출입문을 열고 나가려는 그녀 앞으로 화분 하나가 너무나 급작스럽게 낙하하며 툭, 떨어졌던 것이다. 바로 코앞으로 내리 떨어지며 박살 난 화분. 손바닥만큼 작았던 화분, 두툼하고 단단해 보였던 도자기 화분, 하늘에서, 아니 20층 꼭대기 층, 아니 그보다 더 높은 어디에선가 툭 떨어져 내린 화분, 너무나 급작스럽게 아스팔트 바닥으로 내리꽂히던 화분, 내리꽂히자마자 수많은 파편들로 변해 튕겨져 오르던 화분, 깨어진 틈새로 검은 흙을 폭죽처럼 터뜨리던 화분, 흙덩어리 사이로 가느다랗게 비어져 나와 있던 뿌리, 뿌리에 엉겨붙어 있던 알갱이들, 매끈한 알갱이와 거친 알갱이들이 서로 어긋나 날아가던 순간들, 순식간에 날 선 파편들로 변한 화분이 속엣것을 다 토해내고 그녀 앞에 널브러져 있는 순간, 그녀는 잊고 있던 화분에 대한 감정들이 솟구쳐 올라오는 것을 느꼈다.

화분에 심어져 있던 식물이 다육이였나, 허브였나, 그녀는 그런 건 잘 기억나지 않았다. 그녀는 다만 화분 하나가 하늘 어딘가에서 떨어져 산산조각이 났던 그 순간만 계속해서 생각했다. 그 장면은 슬로비디오처럼 느렸고 클로즈업된 화면처럼 선명했고 케이블방송의 보험회사 광고처럼 지겹게 반복됐다.

그녀가 사는 통로의 어디쯤, 아니면 바로 옆 통로의 어느 지점에선가 떨어진 것 같았다. 누군가가 고의로 던졌을지도, 누군가 볕을 쐬어주려고 에어컨 실외기 위에 올려놨다가 강풍이 불어 날아올랐을지도 모를 일이었다. 한 발짝만 더 앞서 걸었었다면 아마도 그녀의 머리가 화분의 파편처럼 쪼개졌을 수도 있었다. 그런데 진짜 바람이 불었었나, 그녀의 동공이 허공을 훑어내며 바람의 방향을 읽어내려 애썼다. 하지만 바람의 기운은 느껴지지 않았다. 이미 흩어져서 사라진 것인지도 모르지, 그녀가 모르는 어떤 순간에 강한 바람이 불었었는지도 모르지. 그녀는 이러한 생각들로 어지러웠다. 잠시 비틀거렸고 식은땀 때문에 블라우스가 겨드랑이와 등에 바짝 달라붙었다. 아무런 낌새도 없이 벌어진 급작스런 일이었다. 바로 눈앞에서 떨어져 산산조각 났던 화분을 생각하니 머리끝부터 발끝까지 오소소한 소름이 돋았다. 하필 왜 내 앞에 그것이 떨어졌을까, 떨어진 것일까, 떨어뜨린 것일까, 실수였을까, 장난이었을까, 누군가 홧김에 던진 것일까, 누군가 떨어뜨린 것이라면 일부러 나를 조준하여 떨어뜨린 것일까, 그녀는 어제 엘리베이터에서 보았던 야구 모자를 깊게 눌러 쓴 낯선 남자의 얼굴을 떠올렸다가, 지난주 아파트 화단 옆에서 담배를 피우던 어떤 여고생의 서늘했던 눈빛도 떠올려 보았다. 그녀가 여고생 곁을 지날 때 얼굴을 찡그렸던가, 코를 움켜쥐었던가, 여고생이 그녀 뒤에다 침을 뱉었었던가, 아니었던가 잘 생각나지 않았다. 그녀는 대체 그 화분이 어디서부터 어떻게 떨어진 것인지 궁금하고 무서웠다. 조각난 화분의 파편들이 그녀의 뇌 속을 돌며 옥죄고 누르고 할퀴고 다니는 것 같았다. 단지 무섭게 느껴져서 피해 왔던 화분이, 이젠 그녀 바로 옆에 바짝 붙어 있는 느낌이었다. 마음만 먹으면 피하는 것이 가능했던 화분이 이제는 피하려야 피할 수 없는 흉기가 된 기분이었다. 그녀는 불안한 눈빛으로 아파트 단지의 창문들을 올려다봤다. 그러다 그녀는 흠칫 어깨를 움츠렸다. 닫혔던 창문들이 일제히 열리고 그 안에서 화분들이 쏟아져 내리는 환영들이 보였다. 그녀는 창백해진 얼굴로 발걸음을 재촉했다. 그녀는 뛰듯이 걸으면서 손톱 끝을 씹었다. 그녀의 손톱은 유난히 짧았고 손끝이 뭉툭했다. 불안할 때마다 손톱을 물어뜯는 행동은 그녀가 어렸을 때부터 갖고 있던 습관이었다.

괜찮아, 괜찮아. 그녀가 실수를 해놓고 손톱을 물어뜯을 때마다 그녀의 아빠가 했던 말이었다. 그녀의 아빠는 그녀가 우유를 엎질러도 괜찮아, 괜찮아, 장난감을 망가뜨려도 괜찮아, 괜찮아, 라는 말을 해줬다. 웃는 얼굴을 하고 말했다. 거실에 가득 들어찬 화분에 물을 주면서, 가끔씩 햇살이 가득 들어오도록 베란다 문을 활짝 열면서 말했다. 반면, 그녀의 엄마는 그녀가 실수하면 벼락같이 호통치며 잔소리를 했다. 아빠에게도 자주 덤벼들었다. 엄마는 아빠가 화분에 쏟는 시간의 반의반만이라도 자기 자신에게 좀 쏟아보라며 소리치곤 했었다. 그런 그녀의 엄마가 어느 날 갑자기 사라졌다. 엄마는요? 엄마는 언제 와요? 엄마는 어디 갔어요? 그녀가 아빠에게 그렇게 물었을 때 아빠가 대답했다. 병원에 계셔. 네가 아빠 말 잘 듣고 착하게 지내면 엄마가 다시 돌아온댔어. 아침마다 그녀를 꼭 안아주면서 착하지, 우리 아가, 조금만 참고 기다려. 우리 아가가 이렇게 잘 참고 기다리는 걸 알면 엄마는 기뻐할 거야, 라는 말도 잊지 않았다. 하지만 그녀는 알고 있었다. 그녀의 아빠는 전혀 괜찮지 않았다는 것을, 아무리 기다려도 그녀의 엄마는 다시 돌아오지 않을 것이라는 것을 말이다.

그녀의 몸과 키가 자라고 수십 번의 계절이 바뀌어도 엄마는 다시 돌아오지 않았다. 병원에 있다던 엄마가 어떤 병원에 있는지, 어떤 병으로 가 있는 건지 아무도 알려주지 않았다. 엄마가 죽은 건지 살아 있는 건지조차 그녀는 알 수 없었다. 그녀는 그녀만 빼고 세상 모든 사람들이 엄마에 대해 알고 있는 것 같았다. 사람들이 그녀를 향해 미소 지어 보일 때도 그녀는 그것을 비웃음으로 느꼈다. 그녀는 그렇게 엄마 없이 학교를 졸업했고 결혼을 했고 아기를 낳았다. 그렇게 사는 동안 그녀는 하고 싶은 말이 있더라도 꾹꾹 참았다. 그것이 그녀에게 있어 착하게 잘 지내는 방법이었다. 그녀가 착하게 잘 지내는 사이 그 도시에선 멀쩡하던 백화점이 무너져 내렸고 다리가 무너졌고 땅이 꺼졌다. 아이들이 배와 함께 깊은 바닷속에 가라앉기도 했고 신호를 잘 지키며 정차해 있던 승용차가 신호 위반한 레미콘에 깔려 납작해지기도 했다. 모든 불행은 전조 증상 없이 갑작스레 찾아왔다.

대학병원에 도착한 그녀는 대기석에 앉아 순서를 기다렸다. 그녀의 눈에 창가에 줄지어 늘어선 화분이 제일 먼저 들어왔다. 그녀는 오한이 느껴졌다. 그녀는 팔짱을 낀 채 어깨를 움츠렸다. 신경을 쓰지 않으려고 할수록 늘어선 화분들만 시선 속에 들어왔다. 이렇게 많은 화분들이 병원 안에 있었다는 걸 그녀는 오늘 처음 알게 됐다. 화분들이 일렬로 늘어서서 그녀를 맹렬히 쏘아보고 있는 느낌이었다. 그녀는 화분들에게서 시선을 거두려고 애썼다. 손톱을 물어뜯으며 눈동자를 불안하게 굴리다가 옆자리에 앉은 여자의 스마트폰 쪽으로 시선을 고정했다. 스마트폰 화면에서는 개그프로그램이 플레이 되고 있었다. 여자는 이어폰을 끼고 어깨를 들썩이며 웃음을 억지로 참는 듯이 보였다. 소리 없이 웃던 여자는 그녀의 시선을 느꼈는지 불쾌한 표정을 지으며 몸을 틀었다. 스마트폰 화면 대신 스마트폰의 뒷모습이 보였다. 스마트폰 뒷면에 박힌 애플사의 로고가 눈에 확 들어왔다. 그녀는 스티브 잡스의 얼굴을 떠올렸다. 그는 정말 멋졌었지. 언제나 검정색 터틀넥을 입고 동그란 안경을 걸쳤었지. 그는 혁명가의 몸짓과 카리스마 넘치는 표정으로 프레젠테이션을 했었지. 세상을 바꿨었지. 그런 그가 갑자기 야위었지. 췌장암에 걸렸지. 그러다가 죽었지. 췌장암, 췌장암, 췌장암. 그녀의 눈앞에서 췌장암으로 고통스럽게 죽어가는 스티브 잡스의 얼굴이 둥둥둥 떠다니는 느낌이었다.

간호사가 그녀의 이름을 불렀다. 진료실에 들어선 그녀의 눈앞에 커다란 컴퓨터 화면이 먼저 보였다. 3D 입체로 된 풀컬러의 내장 사진이었다. 의사는 마우스를 이리저리 움직이며 내장 사진을 다각도로 살펴보는 중이었다. 의사의 표정에는 아무런 감정도 담겨 있지 않았다. 그녀의 내장 사진은 윤기가 날 정도로 반짝거렸다. 의사가 말했다. 별다른 이상이 발견되지 않았어요. 깨끗합니다. 그녀는 의사의 말을 이해할 수 없었다. 그녀는 속이 더 쓰라리는 것을 느꼈다. 위장, 소장, 대장 어딘가가 깊게 패였거나 몹쓸 종양이 있는 게 아니라면 왜 이렇게 고통스러운지 그 이유를 그녀는 듣고 싶었다. 별다른 이상이 발견되지 않았다는 게 무슨 뜻이죠? 별다른 이상이 없는데 왜 저는 계속 아프지요? 그녀는 이런 질문들을 쏟아내고 싶었다. 하지만 그녀는 입을 꾹 다물었다. 의사는 그녀에게 한 번도 눈길을 주지 않았다. 모니터 속 사진들만 이리저리 돌려 보며 입술을 움직였다. 의사의 목소리는 무심하고 심드렁했다. 가끔 스트레스 때문에 그런 증상이 나타날 수 있고요, 일단 검사상 나타난 게 아무것도 없으니까 방법이 없어요. 조금 더 지켜보시고 계속 불편하시면 다시 오세요. 그녀는 의사를 붙들고 긴긴 말을 쏟아 내고 싶었지만 삼켜버렸다. 미간을 찡그리며 자리에서 일어났다. 그녀는 신경질적으로 진료실 문을 닫았다. 그리곤 조용한 목소리로 중얼거렸다. 더 큰 병원에 가봐야겠어.

오후에는 동네 개인병원 피부과에 예약이 잡혀 있었다. 며칠 전부터 허벅지 안쪽에 좁쌀만 한 여드름 같은 것이 생기기 시작했다. 가려워져서 긁다 보니 그 범위가 배 부분까지 번져버렸다. 벌겋게 달아오른 부위의 살이 두툼해지기 시작했다. 그녀는 진료실로 들어가 의사 앞에서 수줍게 바지를 내렸다. 벌겋게 달아오른 허벅지 살이 그대로 드러났다. 벌겋게 달아오른 부위는 배꼽 부근까지 번져 있었다. 그녀가 웃옷 끝자락을 말아 쥔 채 머뭇거렸다. 옆에 있던 간호사가 답답하다는 듯 그녀의 웃깃을 가로챘다. 간호사는 그녀의 가슴께가 훤히 보일 만큼 그녀의 웃옷을 둘둘 말아 올렸다. 그녀는 얼굴이 화끈거렸다. 하지만 의사는 그녀의 화끈거리는 얼굴을 보지 않았다. 아주 잠시 허벅지와 뱃살 쪽만 슬쩍 보았을 뿐이었다. 그냥 딱 보면 안다는 표정이었다. 의사는 모니터에 시선을 고정한 채 자판을 두드렸다. 약 처방해 드릴게요. 먹는 약이랑 연고 일주일만 발라보시고 안 나으면 또 오세요. 그녀는 의사가 물으면 어떤 대답을 할 것인지 마음으로 준비하는 중이었다. 언제부터 이런 증상이 나타났는지, 잘못 먹은 음식은 없었는지, 오염된 물건을 만진 적은 없었는지, 얼마나 가렵고 불편한지, 다른 질병을 동반한 건 혹시 아닌지, 당분간 어떤 음식은 조심해야 한다든지 하는 말쯤은 해주어야 한다고 생각했다. 그녀는 화가 났다. 한마디 쏘아붙이고 싶었지만 그녀는 결국 아무 말도 못 했다. 서둘러 바지를 올려 입고 웃옷을 내렸다. 그녀는 허겁지겁 진료실 문을 나섰고 계산을 했고 처방전을 받았다. 병원 문을 나오면서 그녀는 처방전을 찢었다. 손톱 끝을 씹으며 중얼거렸다. 내일은 새로 생긴 피부과에 가봐야겠어.

아이 올 시간이 다 되어 갔다. 그녀는 아파트 단지 쪽으로 서둘러 걸었다. 아파트 단지에 가까워질수록 화분에 대한 생각이 더욱 커졌다. 하늘에서 갑자기 화분이 떨어져 그녀의 정수리를 강타할 것만 같은 느낌이 들었다. 깨어진 파편들과 검은 흙덩이가 목덜미 아래로 쏟아져 내리는 것 같기도 했다. 그러다 그녀는 갑자기 시야가 흐릿해지는 느낌을 받았다. 속이 어지럽고 매스꺼웠다.

한동안 뜸했으나 그녀는 원래 자주 머리가 아팠다. 가까운 동네 병원에서 일주일씩 연장해 가며 약을 처방받다가 큰 병원에 가서 MRI까지 찍은 적도 있었다. 그런데 그때도 의사의 소견은 심드렁했다. 별다른 이상이 없네요, 의사는 MRI 촬영 기사의 소견이 적힌 영문을 대충 훑어보면서 다시 한 번 그 말을 반복했었다. 그녀는 실망했다. 그녀가 바라는 대답은 '이상 없다.'가 아니었다. 그녀는 확실한 병명을 듣고 싶었다. 그녀는 의사들이 그런 말을 할 때

어쩌면 그렇게 눈주름 하나 떨지 않는 건지 이해가 안 갔다. 그 말은 마치 당신은 눈이 두 개이고, 입이 하나이기 때문에 아무런 이상이 없습니다, 라고 말하는 것처럼 성의 없게 들렸다. 차라리 당신은 눈이 하나이고 입이 두 개이기 때문에 빨리 수술을 하지 않으면 안 됩니다, 라고 해주길 바랐다. 검사 결과가 이상 없다, 라는 말을 들을 때마다 그녀는 길을 잃은 아이처럼 불안하고 다급해졌다. 어떤 확실한 병명이 정해지길 기다렸다. 그녀가 느끼며 감내하고 있는 이 고통이 어디로부터 온 것인지 알 수 있다면, 차라리 그것이 불치병이라 할지라도 오히려 기쁘게 받아들일 수 있을 것만 같았다. 그녀가 만약 의사로부터 당장 치료가 필요합니다, 라는 말을 들었다면 그녀는 의사가 시키는 대로 할 준비가 되어 있었다. 콜레스테롤 수치가 정상 수치보다 높다고 하면 수치를 낮춰주는 약이나 음식을 찾아 먹으면 되는 거였다. 빈혈이 있다면 철분주사를 맞거나 철분제를 먹으면 되는 것처럼, 어딘가에 염증이 생겨 열이 38도 이상을 찍으면 해열제를 먹어서 보통 사람의 체온인 36.5도 가까이 만들어주면 되고 말이다. 뇌 구성 성분 중의 어느 한 부분에 이상이 생겼다면 지독한 항생제를 먹으며 팔뚝만큼 큰 주사를 수차례 맞더라도 고칠 수 있는 방

법은 분명히 있을 것이었다. 하지만 그녀에게 의사들은 아무도 해답을 주지 않았다. 주지 않는 것인지 주지 못하는 것인지조차 알 수 없어 답답했다.

　그녀는 어린이집 차량이 멈추는 도로 앞에서 아이를 기다렸다. 기다리는 동안 그녀는 미간을 잔뜩 찌푸리며 관자놀이께를 눌렀다. 머리를 조여 오는 통증 때문이었다. 3시 30분이 되자 노란색 어린이집 차량이 그녀 앞에 멈춰섰다. 문이 열리고 차량 보조교사가 내려왔다. 보조교사는 차 안에 서 있던 아이를 번쩍 들어 올려 그녀 앞에 세워줬다. 아이는 땅에 발이 닿기가 무섭게 그녀의 품속으로 와락 안겨 매달렸다. 엄마의 품에 안긴 아이는 눈을 신경질적으로 깜빡거렸다. 눈이 감길 때마다 한쪽 얼굴 근육을 씰룩거렸다. 보조교사는 그녀를 향해 입꼬리를 올리며 인사한 후 버스에 올라탔다. 버스가 떠나자 아이는 눈을 더욱 심하게 깜빡거렸다. 아이는 그녀의 목덜미를 놓칠세라 손아귀에 더욱 힘을 주었다. 아이가 막 태어났을 때 그녀가 수십 번 수백 번도 더 헤아려 보았던 손가락. 다섯 개가 아니라 여섯 개일지도 몰라. 아니 하나가 덜 달려 있으면 또 어떡하지 하는 마음으로 긴장하며 세어 봤던 손가락들이었다. 다른 아이들처럼 다섯 개여서 안도했었지. 그랬었지. 아이는 다섯 살 치곤 체구가 작은 편이었다. 얼핏 보면 서너 살 정도로밖에 안 보였다. 그런데다 아이는 밖에서는 혼자서 잘 걷지 않았다. 어린이집에서는 마치 모터 달린 오토바이처럼 매번 뛰어다닌다는 아이였다.

아파트 통로 현관이 가까워지자 그녀의 발걸음이 빨라졌다. 오늘 아침에 그녀 앞으로 떨어졌던 화분의 잔해가 아직도 몇 점 흩어져 있었다. 그녀는 그것이 마치 처참한 교통사고 현장인 것처럼 느껴졌다. 그녀는 온몸이 경직되는 것 같았다. 그곳을 비켜 걸으면서도 자꾸만 화분의 파편 쪽으로 몸이 쏠려 넘어질 것 같았다.

엘리베이터에 올라타자 아이를 안은 그녀의 손목에 힘이 빠졌다. 가까스로 10층 버튼을 누른 그녀가 다시 아이를 바투 안았다. 느슨하게 매달려진 아이가 그녀의 목덜미를 더욱 필사적으로 붙잡았다. 그녀는 아이를 안고 집으로 향해 가면서 어제 어깨를 부딪쳤던 낯선 남자와 담배 피우던 여고생의 옆얼굴을 떠올렸다.

집에 도착한 그녀가 깊은 한숨을 내뱉었다. 그녀는 아이를 거실 바닥 위에 짐짝 부리듯 내려놓았다. 그녀의 가슴께가 땀으로 축축했다. 손부채질을 하면서 소파에 털썩 주저앉은 그녀 앞으로 아이가 느릿느릿 기어왔다. 그녀의 다리를 붙잡고 기어 올라와 또 안아달라는 시늉을 했다. 그녀는 눈을 치켜뜨면서 아이에게 소리쳤다. 저리 가! 귀찮아! 그러면서 그녀는 아이의 손을 매몰차게 밀어냈다. 아이는 거실 바닥에 나동그라졌다. 아이는 금방 울 것 같은 표정으로 조금 전보다 더 자주 눈을 깜빡이며 얼굴을 씰룩거렸다.

그녀는 방금 아이에게 한 말과 행동에 대해 생각해 보았다. 사람들 앞에서는 절대 하지 않던 말과 행동이었다. 그녀는 아이가 해달라는 대로 곧잘 해주었다. 참을성 많고 마음 넓은 엄마라는 주변의 칭찬을 즐겨 듣던 그녀였다. 그녀는 아이가 죽도록 밉고 싫어질 때가 있었지만 그 누구에게도 그 마음을 들키고 싶지 않았다. 그녀는 불쑥불쑥 튀어나오려는 그런 마음을 숨기려 했다. 어떻게 자기 배로 낳은 자식을 미워할 수가 있단 말이지, 그건 말도 안 된다. 그건 사람도 아니다. 아이를 낳으면 누구에게나 모성애가 생긴다는데 그녀에게는 웬일인지 그런 것이 없는 것처럼 느껴졌다.

넌 엄마가 있어서 좋겠다. 그녀는 아이에게 가끔씩 이런 말을 푸념처럼 내뱉었다. 이 말 속에는 아이를 향한 그녀의 묘한 질투심이 섞여 있었다. 그녀는 솔직히 아이에게 질투심을 느꼈다. 그녀는 엄마의 손길을 한 번도 느껴보지 못했다. 그녀는 그녀의 엄마 얼굴이 생각나지 않았다. 그런데 아이는 날마다 엄마의 손길을 느끼며 엄마에게 얼굴을 부비고 살면서도 더 많은 걸 요구했다. 그녀는 그런 사실이 못마땅했다. 불공평하다고도 생각했다. 그녀에게는 허락되지 않았던 엄마라는 존재가 그녀의 아이에게는 엄마-즉, 자기 자신-이 있다라는 사실이, 머리로는 이해되었다가도 마음속 깊은 곳에서는 잘 받아들여지지가 않았다. 그녀는 오늘, 아이에게 그런 속마음을 들켜버린 기분이었다. 이게 다 오늘 아침 하늘에서 떨어진 화분 때문인 것만 같았다.

아이가 또래 아이들보다 작은 것도, 말이 어눌한데다 눈을 자주 깜빡거리는 것도, 그 원인이 다 아이 엄마 때문이라고 손가락질하는 것 같아 신경 쓰였다. 그녀는 아이를 위해 키 성장에 좋다는 영양제를 먹이고 스피치 학원에도 데리고 다녀봤으며 안과에도 갔었고 피부과에도 갔었다. 그녀는 자주 아이의 키를 재고 발음 연습을 시켰으며 아이 눈이 약시나 원시라는 진단을 받을 때까지 여러 병원을 전전했다. 다른 사람들 눈에 그녀는 아이를 염려하고 아이를 위해 헌신하는 보통의 엄마들과 같아 보였다. 아이가 얼굴

26

을 찡그리는 건 피부 건조증 때문일 거라고 사람들에게 말하곤 했다. 그녀는 웃으면서 보습력이 뛰어난 크림을 사서 발랐더니 훨씬 좋아졌어요, 라는 말도 덧붙였다. 증상이 심해지면 가끔 피부과에도 갔다. 그렇지만 의사들은 그녀의 방문에 조심스럽게 입을 뗐다. 피부에는 이상이 없습니다. 아무래도 상담치료를 받아 보시는 게……. 그녀는 의사의 말이 끝나기도 전에 무슨 말인지 알겠다고 말하고는 재빠르게 일어섰다. 진료실 문을 닫고 나오면서 뇌까렸다. 아무것도 모르는 것들이 진짜!

아이는 맥없이 거실에 널브러져 있다가 무언가 생각났다는 듯이 벌떡 일어났다. 어린이집 가방을 뒤적거렸다. 하얀 종이를 꺼내 그녀 앞에 내밀었다. 반으로 접힌 도화지였다. 그녀는 무심한 표정으로 도화지를 펼쳤다. 그녀의 눈빛이 금세 서늘해 졌다. 펼쳐 든 도화지 속에는 날 선 칼과 톱날, 총 같은 무기들로 가득했다. 가운데에 화난 표정을 하고 있는 듯한 작은 사람도 그려져 있었는데 자기 몸통보다 훨씬 큰 칼을 들고 있었다. 색깔은 단 한 가지, 검정색뿐이었다. 아이는 항상 검정색 크레파스만 사용했다. 48가지 크레파스가 있었는데 다른 색은 새것 그대로였고 검은색만 닳고 닳아 손톱만큼 작아져 있었다. 검은색 크레파스로 굵게 때론 가늘게 돌려가며 섬세하게 그려낸 것들이었다. 어제의 그림과 하나도 달라진 게 없었다.

그녀는 아이의 머릿속에 무엇이 들어 있는지 궁금했다. 이토록 순진한 얼굴을 하고서 속으로는 어떤 마음을 품고 있을지 생각하면 끔찍했다. 그녀는 아이에게 총이나 칼 같은 장난감을 사줘 본 적이 없었다. 총이나 칼은 장난감이 아니라고 생각했다. 사람을 죽일 때 사용하는 살상무기가 어떻게 아이들이 갖고 노는 장난감일 수 있을까, 그녀는 목소리를 가다듬으며 다정하게 이야기했다. 엄마는 네가 좀 다른 걸 그렸으면 좋겠어. 창밖을 봐. 구름도 있고 자동차도 있고 빌딩도 있고 의자도 있고 나무도 있잖아?

그러자 아이는 창밖을 보는 대신 다시 어린이집 가방을 뒤적거렸다. 아이는 신문지 뭉치로 쌓인 무언가를 꺼냈다. 아이는 그걸 그녀 앞으로 내밀었다. 나무, 나무. 아이는 어눌한 발음으로 나무, 라는 말만 반복했다. 아이는 그녀 앞에서 발을 구르며 좋아했다. 조금 흥분한 듯 보였다. 아이가 서툰 손짓으로 신문지를 벗겨냈다. 화분이었다. 그녀는 비명을 지르면서 아이를 밀어냈다. 그녀 앞으로 자꾸만 다가오는 아이를 발로 밀고 손으로 쳐냈다. 그녀는 아이가 들고 있는 작은 화분이 언제 터질지 모르는 시한폭탄처럼 느껴졌다. 화분을 바로 눈앞에서 바라봐야 하는 이 순간을 참을 수가 없었다.

갖다 버려. 당장! 그건 위험한 거야. 폭탄 같은 거라고! 알겠어?

그녀가 소리쳤다. 그녀의 얼굴은 눈물로 범벅이 됐다. 아이는 잔뜩 겁먹은 표정이 됐다. 뒷걸음질치던 아이는 베란다 쪽으로 달려갔다. 베란다 창밖으로 화분을 재빨리 집어 던졌다.

순식간에 벌어진 일이었다. 아이는 그녀를 향해 활짝 웃었다. 웃고 있는 아이의 눈꺼풀은 쉴 새 없이 깜빡였고 한쪽 얼굴은 박자를 놓친 연주자처럼 두서없이 서두르며 씰룩거렸다. 그녀는 짤막한 비명을 지르며 베란다 쪽으로 뛰어갔다. 10층 아래로 곤두박질친 화분의 파편이 아주 조그맣게 보였다. 다행히 사람은 보이지 않았다. 그렇더라도 보이지 않는 어딘가에서 아이가 화분을 던지는 걸 본 사람이 있을지도 몰랐다. 그녀는 더럭 겁이 났다. 그녀의 가슴은 고장 난 세탁기처럼 덜컹거렸다. 그녀는 베란다 문을 힘껏 닫았다. 그리곤 아이를 거실 구석으로 몰아붙였다.

엄마가 분명히 말했지. 위험하니까 갖다 버리라고. 갖다 버리라는 말은 바깥으로 내던지라는 뜻이 아니야. 쓰레기통에 버리라는 뜻이라고. 못 알아듣겠니? 똑똑히 들어. 엄마는 전혀 모르는 일이야. 네가 한 잘못이야. 네가 한 거야. 너 혼자서 놀다가 실수로 그런 거야. 알겠어?

그녀는 날 선 말들을 쏟아내곤 곧바로 후회했다. 평정심을 잃으면 안 된다고 생각했다. 그녀는 아이 앞에 꿇어앉아 표정을 바꾸었다. 아이의 두 손을 잡고 말을 이었다.

괜찮아, 괜찮아. 착하지, 우리 아가. 가끔 바람이 불면, 갑자기 어디선가 바람이 불어오면 화분이 하늘에서 떨어질 때도 있는 거야. 네가 던진 게 아니야. 바람이 그런 거야.

그녀가 아이의 머리를 쓰다듬었다. 한결 차분해진 말투였다. 아이는 고개를 끄덕였는데 눈을 좀 더 심하게 깜빡거렸다. 그녀는 다시 한 번 바깥을 살피고 나서 커튼을 쳤다. 오후 볕이 있는데도 저녁 같았다. 그녀는 몸이 얼었다 녹은 것처럼 노곤해졌다. 온몸에 기운이 다 빠져나간 기분이었다. 하얀 침대보가 깔린 침대 위에 몸을 뉘었다. 푹신한 메모리폼 매트가 그녀의 몸에 맞춰 푹 꺼져 들어가면서 그녀의 몸을 감싸 안았다. 그녀는 몸을 잔뜩 웅크렸다. 비좁은 자궁 속에 맞춤하게 들어찬 모양새였다. 바람 소리가 그녀의 귓가에서 맴돌다가 거세어지고 사라졌다가 다시 돌아오길 반복했다. 조금 전엔 없던 바람이었다. 그녀에게 바람 소리는 자장가처럼 들렸다. 그녀는 바람 소리에 맞춰 눈을 깜빡깜빡하다가 어느새 깊이 잠이 들었다.

그녀는 꿈속에서 다섯 살 아이가 되어 있다. 다섯 살의 그녀는 해가 질 때까지 밖에서 놀다가 집으로 돌아온다. 현관에 들어서자 풀 내음이 풍긴다. 거실은 고요하다. 거실 깊숙이 달빛이 길게 들어와 있다. 크고 작은 화분이 들어 차 있는 거실은 깊고 어두운 수풀 속 같다. 거실 등 스위치를 켠다. 형광등 불빛이 켜졌다가 깜빡깜빡 점멸하다 꺼져버린다. 다시 등 스위치를 켠다. 켜진 불빛이 떨린다. 불빛은 파르르 떨다가 마침내 꺼진다. 다섯 살의 그녀가 엄마를 부른다. 아무리 불러도 엄마는, 대답이 없다. 신발을 벗고 거실 위로 올라선다. 올라선 발바닥에 날카로운 무언가가 밟힌다. 단단하고 뾰족하다. 뾰족한 파편이 발바닥을 찢는다. 새하얀 양말 위로 빨간 피가 스민다. 그녀의 발밑에 화분 하나가 조각나 있다. 초록색 풀이 뿌리째 뽑혀 있고 흙더미는 검고 크다. 해체된 화분 속에서 지렁이가 나온다. 미끈하고 기다란 몸뚱이. 다리도 없이 방향도 없이 미끄러져 나아간다. 긴 몸통을 움츠렸다 폈다 하면서 움츠린 만큼 길게 앞으로 나아간다. 지렁이는 눈도 없고 코도 없고 더듬이도 없다. 굵어졌다 가늘어졌다 하면서 꿈틀거린다. 그녀는 점점 무서워진다. 부서진 화분만 내려 다보며 운다. 모든 일을 지켜보았을 화분은, 다섯 살의 그녀에게 아무 말도 해주지 않는다. 그저 부서진 채 죽어 있다. 달빛도 점점 빛을 잃는다. 거실 한가득 어두움이 차오른다. 혼자 있는 그 집은 거대한 화분 같다. 다섯 살의 그녀는 베란다에 줄지어 선 화분들을 하나씩 아래로 떨어뜨린다. 화분이 부서져 파편이 된다. 누군가의 비명이 아래로부터 들려온다.

세찬 바람에 덜커덩, 창문이 흔들렸다. 깜짝 놀란 그녀가 잠에서 깨어났다. 창문이 흔들리는 소리가 누군가의 비명인 것만 같았다. 저녁 8시가 넘어가고 있었다. 밖은 이미 어두웠다. 그녀는 남편에게 전화했다. 신호음만 갈 뿐받지 않았다. 그녀는 머리가 깨질 듯이 아팠고 헛구역질이 났다. 그녀는 두근거리는 가슴을 진정시킬 수가 없었다. 전화를 받지 않는 남편에게 화가 났다. 불안하고 무서웠다. 손톱을 씹었고 손가락 끝이 빨갛게 부어올랐다. 그녀는 남편에게 문자를 보냈다. 빨리 와. 어디야. 나 불안해. 죽을 것 같애.

그러다 그녀는 등 뒤에서 웅크리고 잠들어 있는 아이를 발견했다. 아이는 반으로 접혀 있는 8절 도화지를 품에 안

고 있었다. 그녀가 도화지를 펼쳐 들었다. 낮에 본 그림이
었다. 제 몸집보다 큰 칼을 손에 들고 누구라도 죽일 듯한
표정으로 서 있는 사람. 그 사람의 얼굴은 눈꼬리가 사납
게 올라가 있어 무서운 느낌이 바로 들었다. 누가 보아도
아이가 아이 자신을 상상해서 그린 그림 같았다. 그런데
낮에는 보지 못했던 화살표와 글씨 같은 것이 보였다. 글
씨는 삐뚤빼뚤하게 흘려 쓴 상형문자 같았고 화살표는 사
람 그림을 향해 있었다. 상형문자 같은 그것을 자세히 들
여다봤다. 조합해 보니 엄, 마, 라는 글자였다. 순간, 그녀
는 어디선가 습한 흙냄새가 나는 것 같다고 생각했다. 집
안 구석구석에서 지렁이들이 스멀스멀 기어 나오는 느낌
이 들었다. 천장에 푸른 풀이 자라고 방은 거대한 화분 속
처럼 깜깜해지는 기분이었다.

정면에 있던 화장대 거울 속에 그녀가 서 있었다. 거울
속의 그녀는 아이가 그린 그림 속 칼 든 사람과 흡사한 표
정을 짓고 있었다. 그녀는 재빨리 시선을 거두었다. 그녀
는 그녀 자신의 눈빛을 똑바로 쳐다보지 못했다. 생전 처
음 보는 사람의 눈빛 같았다.

사각

나는 오랫동안 서랍 깊숙한 곳에 누워 있었다. 얼마만큼의 시간 또는 몇 겹의 세월이 지나갔는지 잘 모른다. 서랍 깊숙한 곳은 사방이 깜깜해서 나는 그곳이 서랍이라는 생각을 하지 못했다. 대체로 적막감이 가득했다. 그러다가 어느 때가 되면 일정한 간격으로 여러 소리들이 들렸는데 이를테면 요란하게 우는 새나, 개, 고양이 소리, 물소리, 음악 소리, 사람들의 고함 소리, 싸우는 소리, 웅성거리는 소리, 낮게 읊조리는 소리, 노래하는 소리, 울음소리, 침 뱉는 소리, 그리고 발자국 소리 같은 것들이었다. 그런 소리들은 규칙적으로 반복되다가 뚝뚝 끊어졌고 어쩌다 계속 이어져 들리기도 했다. 때론 땅속 깊은 데서 누군가 웅얼거리는 것 같은 소리도 났다. 먼 데서 울리는 뱃고동처럼 아득하게 느껴지는 소리들도 있었다.

거기에 습기 찬 베니어합판 냄새와 먼지 냄새가 더해질 때면 이곳이 흙더미 아래 묻혀 있는 관 속이 아닐까 생각했다. 나는, 구더기가 살을 파먹는 느낌에 소름이 돋는데도 소리칠 수 없어 속으로만 흐느끼는, 죽지도 않은 그렇다고 살아 있는 것도 아닌 몸뚱이가 아닐까, 그런 생각이 들 때면 실제로 내 몸 위로 작은 벌레 같은 것들이 기어다니는 게 느껴졌다. 그런데도 나는 손가락 하나, 눈썹 하나 움직일 수 없었다. 그럴 때마다 정말로 무엇인가에 의해- 그것이 흙더미든 사람의 완력이든 간에- 나를 무겁게 내리누르는 것 같았다. 무너져 내린 흙더미가 관 모양으로 조립된 베니어합판 위로 쌓여 내 가슴팍을 납작하게 짓누르는 상상을 했다. 숨이 목구멍까지 차오른 채로 거기 누구 없나요? 숨이 막혀 죽을 것 같아요. 그렇게 수천 번 수만 번 소리쳤다. 그러나 매번 식도가 시들어 곧 끊어질 듯한 고통만 느껴질 뿐 아무런 소리도 나오지 않았다. 몸뚱이가 바짝 말라가는 기분이었다. 나는 이미 죽은 몸뚱이, 아니 몸뚱이조차 존재하지 않는 다른 존재일지도 모를 일이었다.

손바닥만 한 비석도 없이 사람의 발길이 끊어진 지 오래된 무덤, 등산객의 발에 밟히고 비바람에 깎여나가 이제는 등산로의 일부분이 되어버린 흙더미, 내가 그 흙더미와 이미 하나가 되어버린 건 아닐까, 서서히 흙이 되어 부서지고 있는 건 아닐까, 가끔씩 이런 생각에 빠져들 때면 진짜로 내가 수천 개의 흙가루가 된 기분이 됐다.

그런 나를 서랍 안에서 꺼내준 건 그녀였다. 형광등의 밝은 빛이 갑자기 한꺼번에 쏟아졌다. 그렇게 부신 빛은 정말 오랜만이었다. 눈앞이 온통 하얗다가 서서히 그녀의 얼굴이 보이기 시작했다. 그녀의 얼굴은 퉁퉁 부어 있었고 커다랬고 낯설고 기이했다. 부신 빛을 뚫고 나를 내려다보던 그녀의 눈빛과 마주친 순간, 그 찰나의 눈빛을 어떻게 설명할 수 있을까, 그녀의 눈빛은 얼음장처럼 차갑게 보였지만 한편으론 곧 녹아내릴 듯 불안해 보였다. 미간을 찡그리며 눈썹을 잠깐 치켜올리기도 했는데 그것이 먼 옛날을 회상하는 제스처인지 뿜어져 나오려는 눈물을 억지로 참으려는 표정인지는 알 수 없었다. 눈물샘 위로 눈물이 금세 차올라서 그녀가 마침내 엉엉 울어버리는 건 아닌가 생각했다. 그런데 오래도록 그녀의 눈물은 넘쳐흐르지 않고 그냥 그대로 거기 고여 있었다. 눈 밑 주름 언저리에서 그냥 한동안 고여 있기만 했다.

그녀의 땀구멍과 주름, 솜털과 흉터와 작은 점들이 하나하나 보였다. 살결이 움푹 파여 있고 거칠었다. 눈 밑 그늘이 짙었고 자잘한 주름들이 군데군데 뻗어 있었다. 숭숭 뚫린 모공 사이로 자라난 털들은 미간과 눈썹 부분에 유난히 몰려 있었다. 그것은 생기를 잃고 말라 죽어가는 것처럼 보였다. 아무렇게나 흐트러진 그녀의 머리카락 사이로 얼굴이 반쯤 드러났다. 두툼한 눈두덩이와 눈꼬리 아랫부분에 작은 점이 있었다. 눈물 모양처럼 보였다. 그녀가 코를 훌쩍였다. 코 밑에도 작은 흉터 하나가 있었다. 보일 듯 말 듯 희미한 회색 빛깔의 흉터였다. 그녀는 손끝으로 옷소매를 그러모아 얼굴 전체를 스윽 닦았다. 그리고 긴 한숨을 내쉬었다. 온몸의 기운을 가슴 밑바닥까지 내려놨다가 한꺼번에 끌어올려 내쉬는 것 같은 깊고 큰 한숨이었다.

그녀는 누구일까? 그리고 나는 무엇일까?

그녀는 나를 화장대 거울의 위쪽 모가 진 가장자리로 데려다줬다. 나는 그쯤에 끼워졌다. 마주 바라보이는 곳에 텔레비전이 있었다. 검은 브라운관 위로 내 모습이 희붐하게 비쳤다. 아, 나는 납작하고 자그마한 한 장의 사진이었구나! 어깨까지 늘어뜨린 긴 생머리, 짧은 치마에 두꺼운 점퍼 차림의 젊은 여자였구나, 표정은 잘 보이지 않았다. 환하게 웃고 있으려나, 소리치고 있으려나, 아무렴, 나는 내가 부서져 가는 흙가루가 아니라서 좋았다.

나는 어떤 사람이었을까, 괜찮은 대학의 신입생이지 않을까. 남녀공학인데 남학생 수에 비해 여학생 수가 턱없이 적어 귀여움과 사랑을 한몸에 받는 공대 여대생이라면 좋겠다고 생각했다. 만약 직장인이라면, 이왕이면 일도 사랑도 둘 다 놓치지 않는 성공한 커리어우먼이면 좋을 것 같았다. 나만 바라봐주는 한 남자와, 여러 부하직원을 거느린 여자, 일할 때는 냉정하게 처리하기로 유명하지만, 남모르게 불쌍한 아이들을 정기적으로 도와주는 여자, 굶어죽어가는 아프리카 어린이에게 매달 일정액의 후원금을 내는 여자. 아마 그런 사람이지 않을까?

나를 둘러싼 뒤 배경이 잘 보이지 않았다. 텔레비전에 비친 배경은 뭉뚱그려진 유화 그림처럼 그냥 하얬다. 그녀는 그런 나를 어루만지며 한참을 서 있었다. 어루만지는 그녀의 손이 가느다랗게 떨렸다. 떨리는 그녀의 손끝이,

그녀의 얼굴이, 그녀의 표정이 어디선가 많이 본 듯한 모습이었다.

　나는 누구의 사진일까? 나는 어떤 사람이었을까?

　그러고 보니 나는 사각으로 반듯한 모양의 사진이 아니었다. 양옆으로 거칠게 잘려나간 절단면이 보였다. 내 옆에 누군가 서 있었던 것이 분명했다. 내 옆에 있던 오른쪽과 왼쪽의 누군가를 찢어내 버린 것 같았다. 잘려나간 그 누군가의 손이 내 점퍼 주머니 오른쪽과 왼쪽에서 느껴졌다. 오른쪽에 있던 손이 내 손가락 사이로 들어와 깍지를 꼈다. 작고 가느다란 다섯 개의 손가락은 내 손가락들과 하나하나 딱 들어맞았다. 옴씬 들어간 손가락 사이사이 찬 기운이 스몄다. 오른쪽 손의 뾰족한 손톱이 내 손등을 찍어 눌렀다. 빼내려는 내 손을 움켜잡는 기운이 매서웠다. 동시에, 왼쪽에 있던 손도 내 손을 잡았다. 내 손등을 감싸 쥐었다가는 손가락을 펴서 손바닥 안을 하나하나 훑고 간질이고 꼬물거렸다. 왼쪽 손가락들은 마디마디가 두툼했고 길었다. 울퉁불퉁한 힘줄 같은 것도 만져졌다. 나의 왼손은 조금씩 땀에 젖어 축축해졌다. 몸 안에 잠자던 뜨거

운 피가, 메말라 멈춰있던 혈관 속을 막 헤엄쳐 다니는 느
낌이었다.

　누구였을까? 오른쪽과 왼쪽에 있던 사람은.

　그녀가 화장대에 등을 기대고 앉았다. 그녀의 어깨너머
로 그녀가 들여다보고 있는 전화기가 보였다. 전화기는 마
치 작은 컴퓨터 화면 같았다. 맞은편 텔레비전의 깜깜한
브라운관에 나와 그녀가 동시에 비쳐졌다. 거기엔 고개를
푹 수그린 채 전화기를 들여다보는 그녀가 있었다.
　그녀가 손에 든 전화기 화면 속에서 수많은 사진들이 줄
지어 나타났다. 화사하게 웃고 있는 얼굴 사진, 정면을 뚫
어지게 보는 사진, 비스듬히 고개를 돌린 채 먼 데를 향해
보는 얼굴도 있었다. 사진들은 대부분 연예인의 프로필 사
진인 것처럼 과장되게 웃고 있었다. 에메랄드 빛 바다나
거대한 폭포, 높다란 첨탑 같은 것들이 펼쳐져 있기도 했
다. 눈 덮인 산이나 놀이동산도 보였다. 사진의 주인공들
은 남자나 여자나 늙었거나 젊었거나 어리거나 마찬가지
로 모두 행복해 보였다. 푸짐하고 먹음직스러운 음식 사진
도 있었다. 접시 하나 가득 쌓아 올려진 킹크랩이 불그스

름한 껍질 밖으로 하얀 속살을 내밀고 있는가 하면 꽃으로 장식된 테이블에 와인 잔과 여러 모양의 치즈가 놓여 있기도 했다. 그녀는 사진을 밀어 올려 보다가 잠깐씩 멈추기도 하고 봤던 사진을 다시 되돌려보기도 했다. 에메랄드빛 바다, 야자수가 울창한 사진을 다시 찾아 올라가 멈칫하던 그녀의 손가락은 '좋아요'라는 글자 옆에서 잠시 망설이는 것처럼 보였다. '좋아요'글자 옆에는 엄지를 치켜든 작은 이미지가 있었는데 그녀는 그 이미지를 지나쳐, 하던 동작을 반복했다. 그녀가 검지로 화면을 쓸어 올리면 사진들이 계속해서 풀려나왔다. 전화기 속 사진으로만 고정된 듯한 그녀의 머리와 어깨는 가끔씩 들썩이거나 가느다랗게 떨리는 것 같았다. 그녀는 전화기 속 사진들을 한동안 들여다봤다. 같은 자세로 한참 동안 그렇게 앉아 있었다.

그녀의 방은 딱 한 사람이 눕기에 맞춤한 크기였다. 그녀는 1인용 전기장판과 누비이불 위에 앉아 있었다. 전기장판은 나무 무늬를 흉내 낸 디자인이었는데 군데군데 비닐이 벗겨져 속살이 드러나 있었다. 왼쪽 벽에는 나지막한 냉장고와 싱크대가 있었다. 냉장고 위에는 믹스커피와 컵라면, 화장지, 빈 소주병과, 이가 깨진 유리잔이 어지럽게 널려 있었다. 흩어진 가루와 말라붙은 갈색의 얼룩들도 여럿 보였다.

싱크대 위로 난 작은 창문에는 자그마한 환풍기가 달려 있었다. 파란색 날개였는데 그 틈새로 어두운 하늘이 조각 나 있었다. 환풍기 틈새로 바람이 훅 들어오자 날개가 바람개비처럼 빙글빙글 돌아갔다. 날개 끝에 달린 짙은 회색빛의 먼지들도 함께 나풀거렸다. 오른쪽 벽에는 비키니 옷장과 수납박스가 빼곡했다. 그 위로 아무렇게나 걸쳐져 있는 옷들은 대부분 쭈글쭈글했다. 외출복인지 실내복인지 빨랫감인지 분간하기 어려울 만큼 뒤엉켜 있었다. 색깔은 대부분 회색이나 베이지색, 검정색이어서 그녀의 옷들은 마치 흑백텔레비전처럼 보였다. 화장대 앞, 그러니까 내가 있는 맞은편에는 서랍이 달린 텔레비전 받침대와 텔레비전, 벽시계, 그리고 화장실이 있었다. 화장실 문이 살짝 열려 있었다. 화장실 문짝의 아래쪽이 물에 잔뜩 불어터졌는지 우둘투둘하고 두터워 보였다.

화장실 문짝이 갑자기 툭, 하고 내려앉았다. 그녀가 문짝을 향해 전화기를 던진 것이다. 그녀의 표정이 보이지 않았지만 그녀는 분명 잔뜩 화가 나 있는 것 같았다. 어깨가 들썩거렸고 숨소리가 거칠었다. 전화기 속의 사진들과 그녀의 현실이 너무나도 달라서 그녀는 적잖이 당황했고 부러웠고 그녀 스스로 가 닿을 수 없는 모습들인 것 같아서 아마도 화가 났을 것이다. 그녀의 이런 생각들이 나에게 고스란히 전해졌다. 그나저나 핸드폰이 문짝에 부딪힌 소리가 너무 커서 깜짝 놀랐다. 핸드폰이 문짝과 부딪히는 소리, 그 충격으로 문짝이 내려앉는 소리, 그것은 너무 갑작스러운 소리였다. 전화기는 문짝을 맞고 튕겨 나와 화장실 바로 앞에 떨어졌다. 문짝을 겨우 붙들고 있던 경첩이 떨어져 나가, 화장실 내부가 훤히 보였다. 불그스름한 곰팡이가 핀 좌변기와 세숫대야가 보였다.

그녀가 힘겹게 일어섰다. 한 번에 벌떡 일어나지 못하고 화장대에 손을 짚으며 몸을 일으켜 세웠다. 그녀의 얼굴이 일그러져 있었다. 눈물점도 함께 꿈틀거렸다. 전화기 쪽은 거들떠보지도 않은 채 싱크대 쪽으로 갔다. 다섯 걸음 정도의 거리였는데 오른발을 약간 절룩이면서 힘겹게 발을 뗐다. 검정색 면 티셔츠에 회색 트레이닝복 차림이었다. 그녀의 살들이 모두 검정색 면티셔츠 속으로 꾸역꾸역 들어찬 것처럼 보였다. 회색 트레이닝복도 그녀에게 너무 작아 보였다. 무릎 쪽만 툭 불거져 나와 있을 뿐 엉덩이와 허벅지 쪽은 너무 타이트했다.

그녀가 잔뜩 쌓인 설거지거리를 이리저리 뒤적였다. 설

거지를 하는 게 아니라 쓸 만한 무언가를 찾는 모양새였다. 다급해 보이진 않았지만 그렇다고 여유로워 보이지도 않았다. 마땅한 무엇인가를 찾지 못했는지 짜증스러운 말투로 투덜거렸다. 욕에 가까운 그렇지만 무슨 말인지 알아들을 수 없는 독백이었다. 그녀는 냉장고에서 소주 한 병과 검정 비닐봉지를 꺼냈다. 냉장고 위에 있던 유리잔을 집어 들더니 깨진 이를 보고는 싱크대 쪽으로 집어 던졌다. 유리잔은 쌓여 있던 설거지 그릇들과 부딪치며 파열음을 냈다. 위태롭게 쌓여 있던 그것들은 잠깐 무너져 내리다 금세 고요해졌다.

그녀는 다시 1인용 전기장판 위에 앉았다. 장판 위에 소주 한 병과 검정 비닐봉지가 놓였다. 소주 뚜껑을 열어 병째로 들이켰다. 검정 비닐봉지 안에서 또 한 겹의 투명한 비닐봉지가 나왔다. 그 안에 순대가 있었다. 검정 비닐 속을 뒤적이던 그녀가 나무젓가락과 고춧가루가 섞인 소금을 꺼냈다. 돼지의 내장 속에 당면과 선지피를 욱여넣은 순대. 그녀는 젓가락으로 순대 하나를 집어 입속에 넣었다. 몇 번 씹는가 싶더니 하나 더, 또 하나 더 그녀는 계속해서 입속에 순대를 집어넣었다. 그녀의 어깨가 들썩거렸다. 텔레비전 브라운관에 그녀의 모습이 비쳤다. 그녀의 볼이 터질 것처럼 부풀었다. 그녀는 한 손으로 자기 입을 틀어막았다. 헛구역질을 했다. 입 밖으로 토해버릴 듯이 괴로워하다가 다시 평온함을 찾고 우적우적 씹었다.

벽시계가 12시를 가리켰다. 그녀가 엉덩이를 들어 기어가는 모양새로 팔을 뻗었다. 텔레비전 앞에 있던 리모컨을 가져왔다. 다시 제자리에 기대어 앉아 리모컨 버튼을 누르자 텔레비전이 밝아졌다. 텔레비전 화면에서 내 실루엣과 그녀의 얼굴이 사라지고 대신, 짙은 화장을 한 얼굴들이 나타났다. 보이그룹으로 보이는 여러 명의 남자들이 토크를 하는 방송 같았다. 토크 진행자가 무언가를 말하려던 순간, 그녀가 리모컨 버튼을 눌렀다. 화면은 너덧 살로 보이는 쌍둥이들이 턱받이를 하고 밥을 떠먹는 장면으로 바뀌었다. 무어라고 옹알거렸는데 화면 아래로 자막이 나왔다. 크기가 제각각인 컬러풀한 글씨였다. 다시, 화면이 바뀌었다. 지방 소도시의 한 모텔에서 일면식도 없는 세 명의 사람이 함께 자살했다는 뉴스였다. 중국식 요리 칼로 다급하게 양파를 써는 셰프의 모습이 나오는가 싶더니 금세 사각의 링 안에서 트렁크만 입은 두 남자가 엉켜 싸우는 장면으로 바뀌었다. 자그마한 개들이 달리기 시합을 하며 짖는 장면에서 다시, 모피코트를 입은 두 여자가 서로의 얼굴에 물을 뿌리고 엉켜 싸우는 장면이 나왔다. 버튼을 누를 때마다 화면이 달라졌다. 푹 눌러 쓴 모자 때문에 눈코입이 잘 보이지 않는 노랑머리 여자가 알아들을 수 없을 정도의 빠르기로 노래를 했다. 여자 속옷 열다섯 세트에 한 세트를 더 준다는 홈쇼핑 화면에서도, 범죄심리학 박사가 진지한 표정으로 살인사건의 진범은 누구인지 추리하는 중에도 그녀는 채널을 바꿔버렸다.

내가 서랍 속에서 규칙적으로 듣곤 하던 동물들 소리, 사람들의 고함 소리, 웅성거리는 소리, 노래하는 소리, 울음소리, 침 뱉는 소리, 발자국 소리 같은 것들이 그곳에서 줄곧 흘러나왔다. 그런 소리들이 텔레비전 안에 가득 들어 있었다. 그녀는 거의 2, 3초 간격으로 리모컨 버튼을 눌렀는데 가끔 10분 정도 정지 자세로 보는 경우도 있었다.

동해바다가 소개되는 장면에서 특히 그랬다. 리포터는 하얀 눈이 가득 쌓인 눈밭에 발자국을 찍으며 뛰었다. 리포터는 까약까약 소리를 질렀다. 기쁨에 찬 목소리였다. 겨울 바다의 정취와 매력에 흠뻑 빠진 듯 보였다. 하얀 맥주 거품 같은 파도가 쉬지 않고 해변으로 몰려들었다 사라졌다. 겨울 바닷가의 매서운 바람 소리가 마이크를 때리며 더 큰 소리를 냈다. 리포터의 코끝이 빨갰다. 발음도 어눌하게 변해갔다. 리포터가 춥고 배고픈 표정을 지었다. 리포터가 허름한 식당 안으로 들어가는 씬으로 바뀌었다.

테이블이 두 개뿐인 작은 식당이었다. 오징어순대 맛집으로 소문난 집이라며 그곳을 소개했다. 순서를 기다리는 사람들로 북적였다. 머리가 희끗희끗한 파마머리 주인이 리포터에게 오징어순대를 한 입 건넸다. 하는 행동이 자연스럽고 익숙해 보여 전문 연기자처럼 보였다. 리포터의 입속으로 들어가는 오징어순대는 찜통에서 방금 꺼낸 듯 김이 모락모락 피어올랐다. 리모컨을 쥐고 있던 그녀가 텔레비전 속으로 빨려들어 갈 것처럼 화면 앞으로 다가가 앉았다.

내 손바닥 안을 간질이던 왼쪽 손이 내 손등을 톡톡 쳤다.

"기억나니?"

젊은 남자의 목소리였다. 소리는 바로 내 옆에 들려왔다. 누군가 내 옆에 있는 것만 같았다. 그의 말에 이끌린 나는 화면 속 테이블로 시선을 고정했다. 지워지고 흐려졌던 기억들 중 하나가 선명하게 떠올랐다.

짧은 교복 치마 위에 두꺼운 겨울 점퍼를 입은 내가 저기 저 테이블 앞에 앉아 있다. 빨간 립스틱 바른 입술만 앳

된 얼굴 위로 도드라진다. 미영이와 동준이도 내 앞에 있다. 나는 오징어순대를 한 입 베어 먹다 말고 투덜대는 중이다. 나는 파마머리 주인 여자에게 항의한다. 주인 여자는 심드렁한 표정이다. 접시를 주방 쪽으로 가져갔다가 다시 되가져온다. 오징어순대는 여전히 차갑다. 나는 여전히 먹지 않는다. 하지만 미영이는 꾸역꾸역 먹는다. 동준이도 먹는다. 아무렇지도 않다는 듯이 씹어 먹는다. 나는 그들이 못마땅하다. 주인 여자도, 미영이도, 미영이를 따라 먹는 동준이도, 모두 맘에 안 든다. 마음을 가다듬고 순대 하나를 집는다. 꼬부라진 머리카락 하나가 먼저 눈에 들어온다. 나는 젓가락을 테이블에 소리 나게 내려놓고 바깥으로 나간다.

우리는 셋이서 나란히 바닷가를 걷는다. 미영이와 동준이가 내 양옆에 바투 붙는다. 눈발이 휘날린다. 제법 굵은 함박눈이다. 우리는 한동안 말이 없다. 동준이가 먼저 입을 뗀다. "나, 대학 떨어지면 바로 군대 가려고." 가슴이 저릿해진다. "무슨 소리야, 니가 떨어질 리 있니? 나나 얘가 문제지." 미영이가 내 팔꿈치를 툭툭 치면서 동의를 구한다. 미영이의 말에 동준이는 웃고 난 웃지 않는다. 나는 미영이가 밉다. 시험도 나보다 잘 봤으면서 엄살이 심하다.

엄살을 부리면서도 내내 웃는다. 입꼬리를 올리며 하이톤으로 말한다. 내내 들뜬 모습이다. 미영이는 동준이랑 사귀고 싶어 한다. 그리고 말끝마다 대학에 가면, 이라는 단서를 붙인다. 둘은 대학에 가고 나만 못 가면, 어쩌지? 난 줄곧 그 생각뿐이다. 나는 동준이가 차라리 대학에 떨어졌으면 좋겠다고 생각한다.

내가 호기롭게 말한다. "대학 따위 붙든지 말든지 난 관심 없어. 난 딱 마흔 살까지만 살 거야. 결혼 같은 것도 안 해." 둘의 눈동자가 내 표정을 살핀다. 동준이의 마음을 건드리고 싶다. 하지만 비뚤어진 말만 튀어나온다. 미영이가 조심스럽게 말을 건넨다. "근데 왜 하필 마흔 살이야?" 그러게, 내가 왜 마흔 살까지라고 했을까, 나에게 마흔이란 어떤 기준점일까, 나는 쉼 없이 밀려드는 파도를 바라본다. 문득 엄마 얼굴이 떠오른다. 마흔한 살에 죽은 엄마 얼굴이. "우리 엄마가 마흔한 살에 죽었거든. 나도 마흔한 살에 죽을 것만 같은 느낌이 들어. 우리 엄마 죽을 때 얼마나 흉측하게 죽었는지 알아? 병에 곯고 곯아서 말라비틀어진 채로 죽었어. 끝까지 어떻게든 살아보겠다고 바득바득 우겨서 치료란 치료는 다 해 봤지만 엄마도, 아빠도 남은 가족들도 빚더미와 고통만 속수무책 더해갔지. 정말 어리석

고 지리멸렬한 생명연장이었다고 생각해. 난 그렇게 죽기
전에 내가 먼저 죽을 거야. 대학이든 뭐든 죽이 되든 밥이
되든 딱 마흔까지만. 마흔이 넘어서면 식어버릴 것 같아.
육신도 정신도 열정도 사랑 따위도, 식기 전에 죽고 싶어.
여전히 뜨거울 때 멋지게 죽고 싶어." 후련할 줄 알았는데
마음이 더 답답하다. 괜한 말을 했나 싶다. 얼굴이 뜨겁다.
동준이가 내 어깨에 손을 올린다. 딸꾹질이 나올 것처럼
목구멍이 간지럽다.

미영이가 두어 걸음 앞서 가며 새초롬하게 입을 연다.
"우리 엄마가 그러는데, 지금 우리 나이가 인생에서 제일
예쁘고 가장 빛날 때래. 마흔 살? 구질구질하게 뭐 그 먼
데까지 생각하니? 현재를 즐겨. 근데 말이야, 아까 그 오
징어순대 아줌마 마흔 살은 족히 넘은 것 같아 보이더라.
그치?" 미영이가 또 웃는다. 이번엔 대놓고 배꼽을 잡는
다. 동준이는 터져 나오려는 웃음을 참으려는 듯 입술을
깨문다.

속이 매스껍다. 내장이 뒤틀리고 명치 쪽이 답답하다.
나는 파도 치는 쪽으로 정신없이 달려간다. 두어 번의 헛
구역질 끝에 토사물이 나온다. 위액과 섞인 오징어순대 덩
어리가 보인다. 동준이가 내 쪽으로 달려와 등을 토닥여준

다. 살살 문지르다가 또 토닥여준다. 동준이는 내 손을 이끌어 바닷물에 담근다. 내 손을 씻어준다. 파도거품과 모래가 일렁인다. 손을 물에 담근 채로 동준이는 자기 손바닥 위에 내 손바닥을 올려놓는다. 검지손가락을 치켜든 동준이가 나의 엄지손가락과 집게손가락 사이에 포물선을 그린다. "이게 생명선이야. 니가 죽고 싶어도 넌 금방 못 죽어. 건강하게 오래오래 살 거라고. 이 봐. 엄청 길잖아." 동준이가 생명선이라고 가르쳐준 그 긴 선에서 눈을 떼지 못한다. 길고 깊은 그 선이 내 손 안에 있다는 게 신기하다. 동준이의 검지손가락은 다시 나의 생명선의 조금 더 위쪽 선을 그린다. "이건 감정선인데 마음이 안정되어 있을 때는 깊게 패이고, 흐트러져 있을 때는 끊어지면서 흐린 선이 나타나. 넌 특히 감정을 잘 다스려야 해." 나는 내 손바닥을 자세히 들여다본다. 여기저기 끊어지고 흐린 선들이 보인다. 바람결이 매섭다. 코끝이 빨개지고 손끝이 얼얼하다.

그러는 사이, 미영이가 지나가던 연인을 불러 세운다. 남자에게 카메라를 맡기고 나와 동준에게로 온다. 우리는 셋이 나란히 바다를 등지고 서서 카메라 쪽을 바라본다. 미영이가 내 오른쪽 점퍼 주머니 속으로 손을 집어넣는다. "둘이 무슨 얘기 했니?" 미영이가 입술을 삐죽이며 말한다. 나는 그냥 웃는다. 동준이가 내 곁으로 바짝 붙는다. 내 왼쪽 점퍼 주머니 속으로 손을 넣는다. "이제 좀 괜찮아?" 손바닥이 금세 축축하게 젖는다. 전기가 통한 것처럼 찌릿한 느낌이 왼쪽 팔뚝을 타고 목 뒤로 스멀스멀 올라온다. "응. 이제 좀 살 것 같네." 나도 모르게 이런 말이 튀어나온다.

카메라를 든 남자가 우릴 보며 소리친다. "하나, 둘, 셋." 우리는 정면을 바라본다. 바람을 맞받으며 파도 소릴 귓바퀴에 흘려들으며 환하게 웃는다. "김. 치." 그렇게 우리는 사진이 된다. 웃고 있는 나의 눈꼬리 아랫부분에 눈물점이 보인다. 코 밑에 희미한 회색 빛깔 흉터도 그녀의 것과 같은 자리에 있다. 나는 아마도 그녀였을 것이다. 젊은 날 눈부셨던 한때의 그녀였을 것이다.

그녀는 그 후로도 계속해서 채널을 바꿨다. 그녀가 바꾼 채널은 수백 개가 넘었다. 드라마는 다른 채널보다 조금 오래 머물렀는데, 본다, 라는 표현보다는 동시다발적으로 슬쩍슬쩍 스쳐 가며 줄거리만 챙겨 본다는 표현이 맞을 것 같았다. 그녀는 어떤 장면을 보다가 큰 소리로 웃었다.

기분이 좋아졌나 싶었는데 또 금세 흐느끼는 것 같기도 했다. 그러면서 남아 있던 순대 하나를 입속에 욱여넣었다. 남은 소주도 마저 입에 털어 넣었다. 비슷비슷한 줄거리와 대사, 클라이맥스에서 멈추고 마는 마지막 장면들, 불쑥불쑥 튀어나오는 보험회사 광고들, 의사가 나와도 경찰이 나와도 쇼호스트가 나와도 피디가 나와도 그 어떤 전문 직업인이 나와도 모두 연애를 하기 위해 이 세상에 태어난 주인공들처럼 연애를 했다. 병을 고치거나 사건을 해결하거나 물건을 팔거나 결국 그 어떤 이성과 연애를 하기 위한 도구로만 사용되는 것 같았다. 그냥 흘려보았는데도 그런 느낌이 들었다. 그런데도 그녀는 몸을 한껏 앞으로 빼내어 집중했다. 마치 모두 다 새로운 이야기인 것처럼, 모두 다 그녀가 알아야 하는 이야기인 것처럼, 모든 채널을 섭렵하려는 듯이 재빨리 화면을 훑고 넘겨버렸다. 하나의 채널에 머무르지 못하는 그녀는 한쪽 채널에 빠져 있다가 보면 다른 채널이 궁금해지는 모양이었다. 그러다 어떤 드라마의 한 장면에서 그녀는 몸을 더 앞으로 내밀었다. 손가락이 긴 한의사가 나오는 드라마였다.

한의사는 긴 손가락뿐만 아니라 갸름하고 하얀 얼굴을 가진 모델 같은 남자였다. 한의사 앞에 앳된 얼굴의 소녀가 누워 있었다. 한의사는 소녀의 명치 쪽을 쓸어내리며 말했다. "이곳이 막혔네요. 아주 꽉 막혔어요. 왜 여태 참았어요? 힘들었죠? 아팠지요?" 한의사가 계속해서 대사를 읊었는데, 잘 들리지 않았다. 갑자기 터져 나온 그녀의 울음소리 때문이었다. 그녀의 구부정한 어깨와 펑퍼짐한 등이 한꺼번에 오르락내리락하며 흔들리는 것이 보였다. 동굴 속에서 울려 퍼지는 듯한 울음이었다. 그녀는 자기 자신의 가슴팍 한가운데를 쳤다. 울음이 가슴팍에 걸린 것처럼, 그녀가 가슴을 칠 때마다 그녀의 울음소리는 더욱더 커져갔다.

가슴팍에 걸려 있던 그녀의 울음 속에서 동준이와 미영이의 웃음소리가 들린다. 동준이와 미영이가 나란히 대학에 붙고 나란히 취직을 하고 나란히 결혼식장에 들어가는 모습이, 어렴풋이 보인다. 그녀는 괜찮은 척하면서 어색하게 웃고 있다. 그녀는 이미 대학에 떨어졌고 회사를 여러 번 옮겨 다녔고 여러 남자를 만났고 헤어졌고 소중했던 사람들을 잃었고 혼자가 됐고 혼자인 시간이 익숙해 졌고 혼자인 게 너무 당연한 느낌이었고 처음엔 누군가가 그녀를 혼자이게 만들었다고 분노했고 그렇지만 전혀 드러내지 않았고 그저 괜찮다고 익숙해졌다고 스스로에게 말했고 그러다 보니 어느새 마흔이 되어 있고. 그녀는 켜켜이 쌓인 울음들을 가슴팍에 묻고 살았던 시간들이 생각났을 것이다. 기억하기 싫었던, 괜찮은 척 견디어 온 시간들이 갑자기 거대한 파도가 되어 그녀를 덮쳤을 때 그녀는 숨이 멎을 것처럼 먹먹했을 것이다. 그녀는 그것을 그만 토해버리고 싶었을 것이다.

벽시계가 새벽 3시를 가리켰다. 그녀가 시계를 향해 고개를 치켜들었다. 그녀는 소주병과 검정비닐봉지를 전기장판 밖으로 슬쩍 밀어냈다. 소주병이 넘어져 뒹굴었다. 검정봉지에 남아 있던 순대 찌꺼기가 누비이불에 들러붙었다. 그녀는 누비이불을 끌어당겨 와서 천정을 향해 바로 누웠다. 누비이불로 가슴께를 덮은 그녀가 눈을 감았다. 그녀는 형광등을 켠 채로 그냥 두었다. 텔레비전 역시 켜진 채였다.

텔레비전은 다큐멘터리를 방송하는 채널에 고정되어 있었다. 다큐멘터리에서 흘러나오는 성우의 목소리는 느릿느릿하고 고요한 자장가처럼 들렸다. 높낮이 폭이 크지 않은 남자 목소리였다. 텔레비전에서 거대한 파도가 밀려오는 게 보였다. 내가 사진이 되던 순간에 보았던 그 파도보다 수백 배, 수천 배는 더 높다란 파도였다. 파도는 마을을 삼킬 듯했다. 파도는 마을의 건물보다 높았고 자동차 속도보다 빨랐다. 다큐멘터리 속의 성우가 말했다. "2011년 일본 동북부 지방 센다이에서 동쪽으로 135킬로미터 떨어진 태평양 해저 땅속 13.5킬로미터 지점에서 일어난 대지진은 쓰나미를 일으켜 일본 동북부의 해변과 수천 명의 사람과 가옥, 가축 등 모든 것을 집어 삼켜버렸습니다."

그녀가 잠들기 위해 애쓰는 것 같았다. 얼굴을 찡그렸다. 큰 소리가 날 때마다 이리저리 몸을 뒤척거렸다. 그녀는 새우등을 하고 옆으로 누웠다. 베개를 다리 사이에 끼웠다. 다시 반대편으로 누웠다. 다리 사이에 끼웠던 베개를 다시 가슴께로 가져갔다. 잠잠해지는가 싶더니 그녀가 금세 코를 골았다.

텔레비전 속에서 쓰나미는 맹렬한 기세로 돌진하고 있었다. 그녀가 코 고는 소리는 일본사람들의 비명 소리에 묻혀버렸다. 바닷가에서 멀리 떨어진 건물 옥상 위에 서서 먼 산 불구경하듯 하던 사람들에게 동영상으로 찍힌 실제 상황이라고 했다. 속수무책으로 무너지는 건물과 자동차들이 장난감처럼 보였다. 골목골목을 돌아 마을 깊숙한 곳까지 쓰나미가 성큼 달려들었다.

촘촘하게 붙어 있는 자그마한 집에서 사람들이 뛰쳐나

오는 게 보였다. 모두들 높은 산등성이 쪽으로 달음질쳐 올라갔다. 그런데 그중 한 사람이 무엇인가 생각난 듯 다시 되돌아가는 모습이 보였다. 되돌아가던 사람의 뒷모습이 클로즈업되었다. 정지 화면 처리가 됐다. 머리칼이 희끗희끗한 노인 같았다. 남자 성우가 말을 이었다. "쓰나미가 들이밀고 올라오던 찰라. 그 1분 1초 때문에 생명을 잃을 수도 있는 절체절명의 순간, 이 노인은 왜 다시 왔던 길로 내쳐 달려갔을까요?" 그러면서 나타난 한 장의 사진. 그 사진 속에는 젊은 남자가 환하게 웃고 있는 모습이 찍혀 있었다. "다시 집으로 되돌아갔던 노인은 며칠 후 이 한 장의 사진을 품에 꼭 안은 채 차가운 시신으로 발견되었습니다." 노인은 그의 젊었던 시절의 사진을 가지러 다시 되돌아갔던 것이라는 설명이 덧붙여졌다. 노인의 정지화면과 젊은 시절의 사진이 오버랩 됐다. 그 위로 잔잔한 음악이 흘러나왔다. 성우의 목소리가 안타까운 어조로 바뀌었다. 한 장의 사진과 생명을 맞바꾼 노인의 어리석음을 탓하려는 것이었을까, 인간의 한계를 뛰어넘으려 했던 숭고한 정신을 기리려는 것이었을까.

사진을 가지러 다시 갔다가 죽은 노인 역시 사진으로 남겨졌을 것이다. 다만 한 장의 사진으로, 머리 희끗희끗한 모습으로 말이다. 노인이 되가져오고 싶어 했던, 죽음을 눈앞에 둔 순간에 품에 꼭 안고 싶었던, 건져 올리고 싶었던 젊은 날의 그 사진 때문에 그는 영원히 죽어버렸다. 그렇지만 기억될 것이다. 한 장의 사진으로. 그러고 보면 모든 사람은 사진으로 남는다. 사진으로 기억된다. 어차피 누구나 차가운 시신이 아니라 결국 한 장의 사진으로 기억되는 것이다.

잠든 그녀를 내려다봤다. 누비이불 바깥으로 나온 그녀의 손목이 보였다. 그녀의 손목에 울퉁불퉁하고 기다란 자국이 있었다. 얼핏 봤을 때 불에 덴 화상 자국인 줄 알았는데 자세히 보니 꿰맨 자국이었다. 그것은 마치 다리가 수도 없이 달린 돈벌레의 화석처럼 보였다.

그녀는 왜 손목을 그었을까, 그리고 왜 다시 꿰맸을까,

처음부터 사각이었을 나는 지금 비뚤름한 모양이다. 그런데 그녀는 왜 나를 이곳으로 끄집어낸 것일까? 그녀는 죽음의 문턱까지 가 본 것일까? 언젠가 그녀는 나를 다시 사각의 모양으로 되돌려 놓고 싶지 않았을까?

텔레비전 속에서 방향 없이 헤매던 그녀가 사각의 방에서 마치 죽은 것처럼 잠들어 있었다. 잃어버린 시간만큼 쌓여 가는 것은 기억일 거라고 누군가 했던 말이 떠올랐다. 하지만 쌓인 기억들은 그리 완전하지 않을 거라는 생각이 들었다. 한쪽이 문드러졌거나 새로 고쳐졌거나 덧대어졌어도 눈치 못 채는 것이 기억 아닐까. 드문드문 살아난 기억들은 처음부터 완전한 게 아니니까 말이다. 현재의 내 감정과 상황에 따라 기억은 아름다운 추억으로 떠올려질 수도, 흉물처럼 끔찍할 수도 있을 것이다. 때론 너무 끔찍해서 내 것이 아닐 거라고 부정할지도 모른다. 아예 알아보지 못할 수도 있다. 나 역시 드문드문 살아난 기억들을 정면으로 바라보려 애써 보았다. 그러나 기억들은 정면을 잘 보여주지 않는 것 같다. 뒷모습만, 때론 겨우 옆모습만 보여주었을 뿐이다.

작은 창문에 달린 환풍기의 파란 날개 틈새로 제법 강한 바람이 훅 들어왔다. 바람은 내 몸을 잡고 두어 번 흔들더니 이내 흩어져버렸다. 화장대 거울 한쪽 모서리에 꽂혀 있던 나는 화장대 끄트머리 쪽으로 툭 떨어졌다. 화장대 끝에 아슬아슬하게 걸쳐진 내 눈앞에 오르락내리락하는 그녀의 가슴팍이 보였다. 다시 한 번 바람이 불어주길 바랐다. 하지만 흩어졌던 바람은 다시, 힘을 쓰지 못했다. 나는 힘을 다해 꿈틀대다 화장대 아래로 떨어졌다. 눈을 질끈 감았는데 나도 모를 힘이 솟아오르는 게 느껴졌다. 나는 봄날의 꽃잎처럼 가볍게 날아올랐다가 조심조심 그녀의 가슴팍 위로 내려앉았다. 두꺼운 점퍼 차림에 짧은 반바지를 입은 채로 오래오래 나는 그녀와 함께 있었다.

클린하우스

그는 비행기에서 내리자마자 기분 좋은 전화를 한 통 받았다. A시 환경의 날 행사에서 그가 환경부장관상을 받게 될 것이라는 국장의 전화였다. 수년간 A시의 골칫거리였던 S구의 쓰레기소각장 관련 분쟁문제를 원만하게 해결한 공을 인정받은 결과였다. 그는 전화기 너머의 국장을 향해 연신 허리를 굽혔다. '한 것도 없는데 정말 감사하다'라는 말을 두어 번 반복했다. 그가 시를 위해 '한 것'은 너무나 많았지만 예의상 그냥 한 말이었다. 통화를 끝낸 그는 일행에게 이 소식을 알리며 쑥스러운 표정을 지어 보였다. 한때 경쟁 상대였던 동료들이 그의 어깨를 두드렸다.

"역시, 자네가 일 낼 줄 알았다니까. 축하해!"

그는 축하받는 내내 손사래를 치며 표정관리에 무진 애를 썼는데 마음속으로는 '그럼 그렇지' 하며 쾌재를 불렀다.

일행은 A시 환경국의 공무원들이었다. 환경 관련 글로벌 벤치마킹을 위한 8박 10일 일정의 유럽연수를 떠났다가 이제 막 도착했다. 그는 연수받는 내내 올해 환경의 날 행사에서 과연 누가 장관상을 받을 것인가를 생각했다. 스페인 마드리드 환경미화원들의 파업 조기 종결에 관한 성공사례를 듣는 중에도, 바르셀로나의 쓰레기 분리수거 컨테이너의 우수사례를 메모하던 중에도, 독일의 재활용 산업단지를 견학할 때도, 프랑스 에펠탑 앞에서 기념촬영을 할 때도, 달팽이 요리에 초고추장을 발라 억지로 삼킬 때도 그랬다.

그는 자기 자신을 제외한 나머지 동료들은 죄다 자격 미달이라고 생각했다. 그는 연수 내내 담당업무에 적용시킬 선진시스템 등에 관해 질문했고 새로운 걸 알아낸 반면, 다른 이들은 과정 내내 먹거리에 대한 불만뿐이었다. 낯선 음식에 도전하려 하기보다 얼큰한 동태찌개나 김치찌개 같은 건 없느냐며 투덜댔다. 중요한 강연을 들을 때조차 시차 적응을 핑계로 연신 하품을 하거나 대놓고 자버렸다. 게다가 상큼하면서도 가볍지 않은 향수를 뿌린 슬림핏 슈트 차림의 그가, 유행 지난 양복 차림에 곰팡이와 나프탈렌 냄새가 뒤범벅된 그들과 비교되는 것은 당연했다.

일행과 헤어지고 난 뒤 공항 주차장에 있던 차 트렁크에 짐을 실었다. 그는 기념품으로 향수와 방향제를 잔뜩 사왔다. 그중 프랑스에서 사 온 차량용 방향제를 하나 뜯어 운전석에 앉았다. 환기구에 방향제를 끼우며 있는 힘껏 향기를 들이마셨다. 묵직하면서도 달콤한 블랙체리 향기가 차 안에 가득했다. 그는 그제야 크게 한바탕 웃어 젖혔다. 웃음은 쉽게 멈춰지지 않았다. 웃음이 서서히 멈춰질 무렵 아들 '재현'이가 떠올랐다. 이 기쁜 소식을 재현이라면 당연히 자기 일처럼 기뻐해줄 것이었다.

통화버튼을 눌렀다. 신호가 가는 사이, 욕인지 랩인지 모를 컬러링이 반복해서 플레이 됐다. 곧이어 '전화를 받지 않아 음성사서함으로 이동합니다.'라는 안내 멘트가 나왔다. 손가락이 그의 아내 번호를 찾아 눌렀다. 곧바로 '전화기가 꺼져 있어 통화할 수 없습니다.'라는 안내 멘트가 나왔다. 화가 났다. 초저녁잠이 많은 그의 아내는 벌써 퍼질러 자고 있을 것이었다. 저녁 설거지도 그대로 둔 채 수험생인 아들이 오기도 전에 잠드는 일이 허다했다. 게다가 남편인 그가 귀국하는 날인 것을 알면서도 전화를 꺼놓은 아내를 그는 이해할 수 없었다. 그의 아내라면 배터리가 방전된 것도 모르고 있을 확률이 높았다. 그는 매사에

정확하고 깔끔한 아들 재현이에 비해 조심성 없이 칠칠찮은 아내가 싫었다. 아내에 대해 생각할수록 기분이 더 나빠졌지만 단상에 올라 장관상을 받게 될 자신의 모습을 상상하며 마음을 누그러뜨렸다. 시동을 걸고 시원스레 액셀러레이터를 밟은 그는 카오디오 볼륨을 한껏 올린 채 도로를 질주했다. 콧노래를 흥얼거리는 그의 콧속으로 블랙체리 향기가 진하게 스며들었다. 그는 운전하는 내내 차량용 방향제의 향기와 그 향기가 선사하는 이국적인 분위기에 흠뻑 취해 있었다.

아파트 지하주차장에 도착하자마자 그 분위기는 단번에 깨져버렸다. 블랙체리 향기 대신 비릿한 악취가 코끝을 살짝 스쳤기 때문이다. 그저 살짝 스치기만 했을 뿐인데도 그의 미간은 저절로 일그러졌다. 그는 의식적으로 주변을 둘러보며 아무도 없는 것을 확인하곤 넥타이를 신경질적으로 풀어헤치며 욕지거리를 내뱉었다.

그는 이 아파트 주변 어딘가에 치매 노인이 살고 있을지도 모른다고 생각했다. 아침 점심 저녁을 두 공기씩이나 먹어 대면서 벽에 똥칠을 하고 또 배가 고프다며 한밤중이건 새벽녘이건 생선을 구워달라고 떼를 쓰는 노인 말이다. 꼭대기 층 어디쯤에는 여러 겹의 튜브를 두른 것 같은 몸

매의 고도비만 여자가 살고 있을지도 모른다고 생각했다. 먹기는 줄곧 먹어대면서도 그걸 버리러 내려가기가 귀찮아 음식물쓰레기를 잔디밭에 함부로 내던지는 구제불능의 여자. 또는 종량제 봉투 비닐을 찢고 그 안에서 먹을 것을 찾는 도둑고양이 탓일 수도 있었다. 어쩌면 도둑고양이들을 쫓아내기는커녕 참치 캔을 따주며 그 개체 수를 늘리는 멍청한 경비원들 탓인지도 몰랐다.

그가 악취의 근원으로 지목한 그런 류의 사람들은 대부분 쓰레기가 무엇인지 구분할 능력조차 없는 삶의 낙오자들에 속했다. 그는 이러한 냄새가 새로 지어진 도시, 새로 지어진 아파트와는 어울리지 않는 냄새라고 생각했다. 게으른 사람들이 떼로 모여 사는 'S구'라면 또 모를까, 모든 것이 새로 지어진 이곳 뉴타운에서는 방금 물청소를 끝낸 대리석의 시원스러움 위로 빵 굽는 고소한 냄새와 상큼한 방향제 향이 어느 집에서나 골고루 나는 것이 자연스러운 일상이라고 그는 믿었다.

그는 차 트렁크에서 여행용 가방과 기념품이 든 쇼핑백을 꺼낸 다음 엘리베이터에 올라탔다. 엘리베이터에 올라타자마자 치이익. 출입문 위쪽 벽에서 액체형 방향제가 분사되었다. 좁은 공간은 금세 상쾌하고 깨끗한 비누향기로

채워졌다. 그는 버튼 3을 누른 다음 엘리베이터가 위로 상
승하는 동안 거울 속에 비친 자신의 모습을 들여다봤다.
넥타이를 고쳐 매고 머리를 약간 매만졌더니 금세 엘리베
이터 안 방향제 향기와 어울리는 말끔한 외모가 되었다.
저절로 찌푸렸던 미간이 펴지고 다시 입꼬리가 올라갔다.

3층에서 멈춘 엘리베이터 문이 열리자 악취가 더 심하게
느껴졌다. 코를 움켜쥔 그는 자신의 집 302호 현관문 쪽으
로 다가갈수록 악취가 더 심해지는 것에 놀라지 않을 수 없
었다. 정체를 알 수 없는 악취는 수산시장의 고인 물이 썩
어가는 냄새에 가까웠다. 믿어지지 않았다. 그의 성격이 워
낙 깔끔한 탓에 그의 아내는 평소에도 소독과 방향에 유난
히 신경 썼다. 욕실에서는 늘 진한 소독약 냄새가 났으며
거실이나 방에도 방향제를 서너 개씩 놓아뒀다. 그는 이참
에 프랑스에서 사들여 온 방향제로 싹 바꿀 생각이었다.

그는 현관문 앞에 붙여진 전단지들을 신경질적으로 뜯
어냈다. '이탈리아노 피자 신속배달' 전단지와 '독일식 맥
주와 독일식 소시지 모둠 안주를 빅세일' 한다는 전단지였
다. 전단지들은 적어도 그의 눈엔 하나같이 조악하고 천박
해 보였다. 마구잡이식으로 배운 싸구려 디자이너들과 맞
춤법도 제대로 배우지 못한 업주들의 광고 카피를 보니 구

역질이 날 것처럼 속이 매스꺼웠다. 그는 자신의 집 현관문 앞에 이런 전단지가 붙어 있다는 사실이 몹시 불쾌했으며 악취의 발생지가 자기 자신의 집일지도 모른다는 불길한 생각이 스치면서 적잖이 당황스러웠다. 굵은 침과 함께 헛구역질을 삼킨 그는 이 비린 냄새의 정체를 빨리 제거하고 싶다는 충동에 사로잡혔다.

비밀번호가 뭐였더라, 그는 도어락 앞에서 잠시 어지럼증을 느꼈다. 199 다음에 5였던가, 6, 아니면 7이었나를 헤아리는 동안 연속해서 틀렸다는 경고음이 울렸다. 밤늦은 시각인 탓에 경고음은 확성기에 댄 듯 더욱 크게 들렸다. 199 다음 8을 누르자 잠금장치 해제음이 울리며 굳게 잠겼던 현관문이 열렸다. 현관문을 열자마자 악취는 더욱 맹렬한 기세로 그를 덮쳤다. 오소소한 소름이 온몸을 훑으며 머리에서 발끝까지 전이되는 느낌이 그의 뇌를 잔뜩 긴장시켰다. 그는 현관문을 열어젖히며 큰 소리로 그의 아내를 불렀지만 아무런 기척도 나지 않았다.

현관 천장의 오토센서 램프가 켜지면서 시야가 밝아졌다. 현관에는 운동화와 구두, 슬리퍼가 아무렇게나 뒤엉켜 있었다. 하얀색 스티로폼 박스가 눈에 띄었다. 비스듬히 열린 뚜껑 사이로 악취가 진하게 새어나왔다. 그는 구둣발로 조심스럽게 스티로폼 뚜껑을 열어젖혔다. 곧바로 고여 썩은 하수구 냄새 같은 것이 그의 얼굴로 훅 달려들었다. 박스 안에는 흐믈흐믈해진 냉매제와 포승줄에 엮여진 한 두름의 조기 새끼들이 물렁하게 녹아 축 늘어져 있었다. 스티로폼 바닥엔 비린 물이 흥건했다. 아내 앞으로 배달된 택배였다. '이 여자가, 진짜 미쳤나!' 하는 말이 그의 입에서 튀어나왔다.

그가 비린 냄새를 특히 역겨워한다는 걸 누구보다 잘 아는 사람은 그의 아내였다. 얼린 생선이 다 녹아 흐믈흐믈해질 때까지 그대로 방치한 속마음이 궁금했다. 그의 아내가 그에게 단단히 경고하고 있거나 반항하는 것이라 느껴졌다. 그는 신혼 첫날부터 생선을 굽던 아내의 뺨을 때렸었다. 아끼던 슈트에 역겨운 비린내가 스몄다는 이유였다. 그의 아내는 그 후 절대로 그 앞에서 생선을 굽지 않았다. 대신 그가 장기간 집을 비울 때는 예외였다. 그동안 못 먹었던 생선에 대한 한이라도 풀고 싶은 듯 그의 아내는 생선을 박스째 사서 냉동실에 보관했다. 생선에 중독된 사람처럼, 그가 없을 때면 더욱 극성맞게 생선을 구워댔다. 그러고 나서 그녀는 그가 되돌아올 시간을 미리 확인한 뒤 환기를 시키고 방향제를 뿌리고 향초를 피워 냄새를 없애는 걸 잊지 않았다.

　그는 화를 삭이며 구두를 가지런히 벗고 실내로 들어갔다. 다시 한 번 아내를 불렀다. 처음 서너 번은 나직했다. 하지만 아무런 대답이 없자 그의 목소리는 점점 협박조의 고함으로 바뀌었다. 그는 거실과 침실, 옷 방과 공부방, 앞 베란다와 뒷 베란다를 재빠르게 오가며 최대한 소리 높여 아내를 찾았다. 악취에 범벅된 세균들이 콧속으로 입속으로 침투해 들어오는 것이 느껴질수록, 아무런 대답도 돌아오지 않는 적막한 분위기가 더욱 분명해질수록, 그의 분노는 점차 불안한 감정과 뒤섞여졌다. 아내에게 다시 전화를 걸어 봤지만 여전히 꺼져 있다는 안내 멘트만 흘러나왔다. 그는 이러한 몇 가지의 상황이 그를 골탕먹이기 위한 아내의 수작일 거라는 생각을 했다가도 혹시 어딘가에서 납치되었거나 사고를 당했을지도 모른다는 생각이 스쳐 불안했다.

　그보다 당장 참을 수 없는 건 악취였다. 싱크대 쪽으로 걸어갔다. 손을 깨끗하게 씻은 다음 고무장갑을 끼고 조기박스를 버리러 갈 생각이었다. 수도 레버를 올리려는 순간, 싱크대의 상황이 자세하게 보였다. 단지 하루 이틀 미뤄둔 설거지감이 아니었다. 그곳은 불법 투기물로 가득한 주택가의 한 모퉁이처럼 보였다. 싱크대 안에는 전단지에서 보았던 피자 박스와 맥주캔이 찌그러져 있었다. 먹다 남은 소시지 반 토막과 치킨 소스가 군데군데 묻어 있는 치킨 박스, 치킨 무가 반쯤 비워진 플라스틱 용기, 우동 면 가락보다 더 불어 터진 컵라면의 라면 가락, 밥알이 엉기성기 붙은 햇반 그릇이 설거지통 위에 그대로 놓여 있었다. 그의 아내는 그가 없는 동안 아들 재현이에게 인스턴트 음식을 잔뜩 먹인 모양이었다. 개수대 가득 검붉게 변한 양념 자국이 메말라 들러붙은 일회용 그릇들이 아무렇게나 쌓아 올려져 위태로워 보였다. 어류와 육류와 인스턴트 식품과 반조리 식품 따위가 아무렇게나 섞이고 버무려져 썩고 있는 냄새가 그곳에 가득했다. 구더기가 들끓는 음식물 쓰레기통 속에 얼굴을 빠트린 기분이었다. 현관에서의 악취와 싱크대의 쓰레기 냄새가 보태져 손을 쓰지 않으면 안 될 상황이었다. 헛구역질을 가까스로 삼킨 그는 쓰레기 더미에 옷이 스치지 않도록 조심스레 소매를 걷어붙였다.

두툼한 박스는 되도록 얇게 눌러 펴서 바닥에 놓았다. 덜 찌그러진 캔은 더 납작하게 밟았고, 치킨 무는 음식물 쓰레기 비닐에 넣고 국물을 버린 다음 플라스틱 용기는 플라스틱 바구니에 모았다. 고무장갑을 낀 채 수챗구멍의 거

름망을 들어 올리자 라면 건더기와 밥풀을 그대로 흘려보낸 찌꺼기들이 오랫동안 발견되지 않았던 익사체처럼 한껏 부풀어 오른 채 젖어 있었다. 음식물통에 한데 모아 털어냈지만 콧물처럼 끈적이게 변한 잔여물들이 여전히 망에 남아 수돗물을 세게 틀고 수세미로 박박 문질러 수챗구멍에 다시 집어넣었다.

그런대로 정리가 된 것 같았다. 하지만 개수대 안에 찌들어 있는 기름때와 검은 곰팡이는 여전했다. 싱크대 아래 수납장에서 주방클리닉 전용 스프레이와 철수세미를 찾아 스테인리스 재질의 원래 느낌이 나도록 손목에 힘을 주어 문질렀다. 턱선을 타고 땀방울이 떨어졌다. 청소용 스프레이의 짙은 소독약 냄새 덕분에 코끝에 달라붙어 있던 악취가 조금은 가신 듯했지만 집 안 가득 배어 있는 음식물쓰레기 냄새는 그것을 밖으로 가져다 버려야만 없어질 듯했다.

밤늦은 시각이어서 아파트 단지는 고요했다. 분리수거장에 가서 종류별로 나누어 버린 다음 음식물쓰레기통 앞에 선 그는 고개를 갸웃했다. 음식물을 버리는 통이 그 사이 비밀번호나 전용카드를 인식해야 열리는 기계로 바뀌어 있었기 때문이다.

불이 켜져 있는 가까운 경비실로 간 그가 작은 창을 두드렸다. 텔레비전인지 CCTV인지 모를 모니터를 켜 놓은 채 꾸벅꾸벅 졸던 경비가 깜짝 놀라 일어섰다. 경비의 모습이 너무 단정치 못하고 게을러 보여 그는 더욱 짜증 났다. 경비들은 나이 먹은 게 무슨 훈장이나 된 것 마냥 자기 일에 대한 책임감이나 긴장감도 없이 그저 시간만 때우고 월급만 받아가는 부류라고 그는 늘 생각해 왔다. 경비는 손가락으로 코를 후비며 어슬렁어슬렁 걸어 나오더니 그 손가락을 다시 입안에 욱여넣고 잇새에 낀 무언가를 빼내려 했다. 경비의 입에서 역한 비린내가 풍겼다. 그는 한 대 치고 싶은 충동을 억누르며 인상을 찡그렸다.

"무슨 일이시오?"

"음식물쓰레기를 버리려고 하는데 비밀번호도 모르고 카드도 없어서요."

"몇 호신데?"

"302호인데요."

"아, 그 댁 사시오? 요즘 그 집 근처에서 나는 악취 때문에 민원이 끊이질 않아요. 한 이삼 일 됐을라나. 불은 가끔 켜지는데 핸드폰을 해도, 인터폰을 해도 도통 인기척이 없더란 말입니다. 오늘 밤까지 해결 안 되면 내일 아침에라도 문을 뜯고 들어가려던 참이었는데 잘 됐네."

경비는 단단히 벼르고 있었다는 듯 그를 향해 호통쳤다. 경비의 입에서 나는 냄새 때문에 그는 속이 매스껍고 어지러웠지만 정중히 고개를 숙이며 사과의 말을 했다.

"죄송하게 됐습니다. 그렇지 않아도 제가 연수 떠난 사이에 집이 엉망이 됐더군요. 조기 새끼가 녹아서 썩는 걸 모르고 며칠 놔뒀나 봐요."

그는 경비에게 최대한의 예의를 차리는 척하면서 이렇게 말했다. 경비는 혀를 끌끌 차며 음식물쓰레기 통 쪽으로 그를 안내 했다. 경비 역시 스티로폼 속 조기들의 상태를 보자 얼굴을 찡그리며 손사래를 쳤다. 순간 그는 자기도 모르게 웃음을 터뜨렸다. 경비를 향한 비웃음이었다. 그러나 경비는 그 웃음의 의미를 알지 못했다. 그저 경비 자신이 좀 재미있는 제스처를 했기 때문이라고만 생각했다. 그래서 그를 향해 다시 한 번 그 제스처를 과장되게 보여줬다. 하지만 그는 다시 웃지 않았다. 그가 느끼기에 경비의 입에서 나는 악취나 조기 새끼에게서 나는 악취나 같은 종류의 것이었다. 둘 다 폐기되어야 할 무엇에 지나지 않다고 생각했는데 경비 자신은 전혀 다른 종류인양 행동하는 꼴이 우습고도 불쾌했다.

쓰레기통의 잠금 버튼을 해제시킨 다음 번호를 몇 개 누르니 뚜껑이 열리면서 '투입하십시오'라는 안내 멘트가 흘러나왔다. 조기 한 두름과 싱크대에서 가져온 음식물쓰레기들을 통 안으로 쏟아 버렸다. 쏟아 내면서 비린 물이 그의 양복 앞쪽과 바지에 튀었다. 절대 저지르고 싶지 않았던 실수였다. 제어하기 힘들 만큼 기분이 다시 급속하게 나빠졌다. 빨리 씻고 싶었다. 쓰레기의 무게를 재는 멘트가 나오며 자동으로 뚜껑이 닫히자마자 서둘러 엘리베이터로 달려가 오름 버튼을 눌렀다. 양복에 더러운 물이 튄 것이 모두 경비 탓인 것만 같았다. 경비들의 무식하고 당당한 행동거지가 아파트의 품격을 심각하게 떨어뜨리고 있다는 생각을 떨칠 수가 없었다. 내일 바로 주민조합장에게 연락해 경비용역업체를 더 조직화 된 전문인력으로 바꿀 것을 제안해야겠다고 생각했다. 3층까지 올라간 그는 문이 열리자 심호흡을 한 번 크게 하고 현관문 앞으로 걸어나갔다. 양복 앞쪽과 바지에 스며든 비린내가 역하게 올라왔다.

집에 들어서자마자 고무장갑을 싱크대에 벗어 던지고 욕실로 들어갔다. 양복 재킷부터 바지, 와이셔츠, 속옷까지 모조리 세면대에 욱여넣고 물을 뿌렸다. 욕실 수납장에 들어 있는 라벤더향 딥모이스쳐라이징 샴푸와 린스를 꺼내어 벗어놓은 옷 위에 듬뿍 부었다. 샤워기 물을 틀어 물총 쏘듯 옷을 향해 내리쏘자 새하얀 거품이 뽀글뽀글 올라왔다. 어떤 것은 작고 몽글몽글했지만 또 어떤 것은 금세 부풀어 오르며 터질 듯했다. 한참 동안 그는 옷에 샤워기 물을 뿌리며 비린내 대신 향긋한 샴푸 향기가 차오르는 것을 음미했다. 바디워시를 몸에 바르고 비린내를 닦아냈다. 아보카도의 부드러움과 은은한 향기가 모공 속으로 스며드는 느낌이었다.

비린 냄새가 몸에서 떠나간 듯했지만 변기와 미끌거리는 타일 바닥에서는 여전히 냄새가 났다. 오래된 배설물들의 찌꺼기가 악취와 세균으로 번식해 가는 냄새였다. 바닥 타일과 타일 틈 사이로 누런 물때와 시커멓게 변한 곰팡이가 보였다. 그는 욕조 아래쪽에 쓰러져 있는 청소용 락스와 청소 솔을 집어 들었다. 물에 희석시키지 않은 락스 원액을 욕실 바닥에 부었다. 그는 솔을 분주하게 움직이며 구석구석을 닦아냈다. 샤워기를 최대한 세게 틀어 바닥에 뿌렸다. 거무스름한 거품을 머금은 물이 하수구 구멍 속으로 시원스레 내려갔다. 그는 욕실에서도 항상 수영장 냄새가 나길 원했다. 세균이 한 마리도 살 수 없는 소독된 물이 좋았다.

세면대 위에 있는 면도기가 눈에 띄었다. 면도날 사이에 짧게 잘린 수염 몇 가닥이 보였다. 사춘기를 훌쩍 넘긴, 벌써 고3 수험생이 된 아들 재현이의 것이다. 재현이는 키가 자라고 몸무게가 늘어갈수록 눈매와 콧대가 그를 점점 닮아갔다. 시간이 참 빠르다고 생각했다. 그는 재현이가 태어난 후로 언제나 바빴다. 언제 뒤집기를 했는지 걸었는지 말을 시작했는지 잘 알지 못했다. 아내는 재현이 이야기를 할 때면 언제나 학원과 과외비 이야기뿐이었다.

샤워를 끝내고 화장실 청소까지 마치고 나온 그는 거실의 상황을 보고 한숨을 내쉬었다. 싱크대보다는 비교적 깨끗하다고 생각했던 거실은 그러나 자세히 보니 멀쩡한 물건이 거의 없었다. 벽걸이 텔레비전은 벽에서 떨어져 나와 바닥에 비스듬히 세워져 있었고 소파 옆에 있던 스탠드도 모로 쓰러져 있었다. 골프채 세트와 야구 배트 세트는 소파 옆에 나란히 세워져 있어 정돈된 것 같아 보였지만 그중 야구 배트 하나는 부러진 채였다. 수행평가를 위해 레슨받는다던 '클라리넷'도 조립되지 않은 채 널브러져 있었다. 그는 난장판이 되어 있는 거실 한가운데 서서 흐트러진 머리를 쓸어 올렸다. 그는 베란다로 나갔다. 청소

함에서 3M 스카치브라이트 클립형 막대걸레와 리필용 물걸레, 싸이클론 방식의 무선 청소기, 그리고 100리터 짜리 종량제 쓰레기봉투를 집어 들었다. 벽걸이 텔레비전이나 스탠드 조명 같은 그나마 양호한 소품들은 제자리에 세워 놓고 도저히 다시 사용할 수 없게 망가진 것들은 봉투 안에 넣었다. 부러진 야구 배트는 아깝지만 꺾인 나무 단면이 날카로워 버려야 했다.

사실 그가 난장판이 된 거실을 보는 것이 처음은 아니었다. 처음에는 고작 파리채가 부러져 있는 정도였는데 그 후로 종종 효자손이나 대나무로 만든 사랑의 매까지도 부러져 있는 걸 발견하곤 했다. 그가 아내에게 이게 왜 부러져 있느냐고 물어보면 재현이가 하도 말을 안 들어서 그냥 겁만 준 것뿐이라고, 절대로 때린 건 아니라며 손사래를 쳤다. 아내는 재현이가 열심히 노력해서 목표한 점수를 받아 오면 칭찬 대신 더 가혹한 목표를 세워주곤 했다. 목표에 도달하지 못하면 매를 드는 것 같았다. 하지만 그의 아내도, 재현이도 매질에 대해서는 굳게 입을 닫았다. 그는 그의 아내를 수도 없이 때렸지만 아들 재현이만큼은 한 번도 때려 본 적이 없었다. 왜냐하면 그의 아내는 '때려야 말을 듣는 사람'이지만 아들 재현이는 '때릴 필요가 없을 만큼' 눈치 빠르고 말 잘 듣는 아이였기 때문이었다.

그는 출장 갔다가 돌아올 때면 항상 재현이 선물만 한 아름 들고 왔다. 아내에게는 늘 퉁명스럽고 사무적인 그였으나 재현이에게 만큼은 지극정성이었다. 재현이는 많은 선물 중에서도 작년 출장에서 사 온 스위스제 군용 칼을 가장 좋아했다. 재현이는 나사돌리개와 가위, 병따개와 비늘 떨개, 작은 날, 큰 날을 접었다 폈다 해 보면서 만족스러워했다. 재현이는 그걸 책상 위 가장 잘 보이는 첫째 선반 가운데 놓았다. 오랜만에 재현이의 미소를 보았던 그 가슴 벅찬 순간이 떠올랐다.

현관문 쪽에서 비밀번호 누르는 기계음이 들렸다. 금세 현관문이 열리면서 교복차림의 재현이가 들어섰다. 재현이는 제 몸 하나 제대로 가누지 못할 만큼 잔뜩 취해 있었다. 그는 재현이를 향해 달려갔다. 쓰러지려는 재현이의 팔을 낚아채듯 잡아 일으켜 세웠다. 거친 숨을 몰아쉬는 재현이의 입에서 알코올 냄새가 훅 끼쳤다. 소주와 맥주, 막걸리에 담뱃재를 섞은 듯한 오묘한 냄새였다. 항상 깨끗한 비누냄새만 풍기던 재현이와는 전혀 어울리지 않는 냄새라고 그는 생각했다.

"대체 어떤 새끼야?"

그는 소리쳤다. 치밀어 오르는 화를 억누르기 힘들었다. 화를 낸 대상은 물론 재현이가 아니었다. 재현이에게 억지로 먹였을 그 누군가를 향한 분노였다. 하지만 재현이의 반응은 의외였다. 재현이는 그의 두 눈을 똑바로 쳐다보더니 갑자기 정신이 든 것 같은 표정을 지으며 그보다 더 크게 소리쳤다.

"좆도 모르는 새끼! 꺼져!"

재현이는 그를 힘껏 밀쳐내곤 자기 방으로 들어갔다. 방문을 있는 힘껏 닫았다. 문짝이 부서질 것처럼 흔들렸다. 전혀 예상치 못한 재현이의 욕지거리를 들은 그는 황망한 표정이 됐다.

그는 한숨을 크게 몰아쉬었다. 재현이가 낯설었다. 띄엄띄엄 너무 가끔씩 보는 사이라 하더라도 그는 재현이에게 욕지거릴 들을 만한 짓을 한 적이 한 번도 없다고 생각했다. 재현이를 붙들고 하고 싶은 말이 참 많았다. 욕은 누구한테 배웠는지, 술은 또 어느 누구에게서 억지로 받아먹은 것인지, 게임은 대체 어떤 놈 때문에 빠져들게 됐는지, SNS 톡은 또 누가 자꾸 보내는지 입에서 맴도는 말들을 목 안으로 삼켰다.

어깨가 축 늘어진 그는 가느다란 빛이 새어나오는 재현

이 방의 문을 물끄러미 바라봤다. 방 안에서는 언제나처럼 코 푸는 소리가 들려왔다. 재현이는 자주 코를 풀었다. 한두 번 푸는 수준이 아니었다. 두 눈알이 콧구멍 밖으로 빠져나오게 할 것 마냥 있는 힘껏 코를 풀었다. 콧물은 풀어도 풀어도 마르지 않고 계속해서 재현이의 콧속에 가득 들어차는 것 같았다.

재현이는 선천적인 비염을 앓고 있었다. 그는 재현이가 아내의 유전자를 받아 그렇게 되었다고 생각했다. 재현이가 코 푼 휴지를 볼 때마다 재현이보다 아내에게 분노가 일었다. 모두 아내 탓인 것 같았다. 그래도 재현이는 코 푼 휴지만큼은 항상 쓰레기통에 버렸다. 그는 그런 재현이가 기특해서 코 푼 휴지를 쓰레기통에 버릴 때마다 칭찬해주었고 재현이는 그럴수록 더 자주 코를 풀어 코 푼 휴지를 쓰레기통에 버렸다.

작년 이맘때쯤 그는 담임의 전화를 받고 학교로 달려간 적이 있었다. 학교폭력근절추진위원회가 소집되었으니 참석해 달라는 전화였다. 재현이가 반 아이와 주먹다짐을 하다가 코를 부러뜨렸다는 말도 덧붙였다. 싸움의 발단을 알고 보니 재현이가 경쟁자였던 아이의 공책을 죄다 찢어서 쓰레기통에 버렸다는 것이다. 공책이 사라지자 교실 구석구석을 뒤지던 그 애가 결국 쓰레기통에 처박혀 있는 공책을 보며 재현에게 따졌다고 했다. 증거 있냐며 싸우다가 주먹질이 오고 갔고 결국 재현이가 말하길 공책이 하도 더럽길래 쓰레기인 줄 알고 버렸다, 왜? 하며 오히려 큰소리를 쳤다는 것이다. 학교폭력근절추진위원회의 분위기는 재현이에게 불리하게 돌아갔다. 그는 재현이가 얼마나 착하고 성실한 아이인지 또 학급 임원을 하며 얼마나 많은 아이들을 돕고 표창장까지 받은 아이인지 차분히 설명했다. 이번 일은 정말 오해인 것 같다고, 피해 학생 아버님께 충분히 사과드리고 치료가 완벽히 끝날 때까지 치료비 전액과 위로금까지 지원을 아끼지 않겠다고 말했다. 그의 출중한 언변과 겸손한 태도, 그리고 과하다 싶을 정도의 위로금으로 사태는 일단락됐다. 집으로 돌아온 그는 풀이 죽어 있는 재현이의 어깨를 토닥이며 위로했다. 쓰레기는 나쁜 거야. 더러운 건 버려야지, 잘했어, 괜찮아, 아빠가 다 해결해줄게. 재현이가 그 애의 코를 부러뜨린 덕분에 재현이는 중간고사 성적에서 그 애를 가볍게 따돌렸다.

그는 그날의 승리감을 떠올리며 잠시 웃었다. 순간, 그의 살짝 들려 올라간 입꼬리와 코끝으로 썩어가는 냄새가 훅, 들어왔다. 무언가 지독히 썩어가는 듯한 냄새였다. 그가 미처 발견하지 못한 어딘가에 시궁쥐 서너 마리가 뒤엉켜 죽어 있을지도 몰랐다. 그는 최대한으로 크게 콧구멍을 크게 벌리곤 숨을 여러 번 들이마셨다. 그는 마치 촉수를 뻗어 방향을 찾는 한 마리 벌레 같았다. 침실로 향해 갈수록 냄새가 짙어졌다. 침실에 딸린 작은 욕실 근처에 다가서자 그의 후각이 극렬하게 반응했다. 변기가 단단히 막힌 거겠지. 막힌 변기 안에 운 나쁜 시궁쥐 한 마리가 빠져 죽어 있든지, 하고 그는 잠깐 생각했다. 굳게 잠긴 문은 쉽게 움직이지 않았다. 서너 번 힘주어 밀어 봤지만 허사였다. 그러고 보니 욕실 문 테두리가 어째 이상했다. 변색된 실리콘 같은 물질로 틈새가 덕지덕지 메워져 있었다. 그는 이게 뭔가 싶어 손끝으로 그것을 만져보았다. 말랑말랑했지만 몹시 우툴두툴했다. 손을 코끝에 가져간 순간 고무타이어와 합성된 듯한 공업용 본드 냄새가 났다. 해결할 생각은 않고 이렇게 대충 막아 놓은 아내의 게으름에 또다시 화가 치밀었다. 쓰레기를 버리러 내려가면서 경비에게 알려야겠다고 생각했다.

침실을 나가려던 그에게 쓰레기통 하나가 눈에 띄었다. 자주 쓰지 않던 쓰레기통이었다. 쓰레기통은 뚜껑이 닫히지 않을 만큼 쓰레기로 가득 차 있었다. 대부분 재현이가 버린 코 푼 휴지들이었다. 버리러 가는 김에 쓰레기통 안의 쓰레기도 종량제 봉투에 죄다 비울 생각이었다. 그는 비닐장갑을 끼고 종량제 봉투에 쓰레기를 옮겨 담았다. 코 푼 휴지들을 두어 번 옮기고 나자 쓰레기통에서 딱딱하고 묵직한 것이 손에 잡혔다. 꺼내 보니 스마트폰이었다. 그의 아내 것이었다. 스마트폰을 손에 쥔 그의 손이 가느다랗게 떨리기 시작했다. 스마트폰 아래에 깔려 있던 휴지들은 온통 검붉은 핏빛으로 물들어 있었다. 핏빛 휴지들을 걷어내고 나니 쓰레기통 맨 밑바닥에서 또 다른 딱딱한 물체가 손에 잡혔다. 모든 칼날들이 칼집 안으로 단정하게 접혀 들어가 있는 스위스제 군용 칼이었다. 재현이 책상의 첫 번째 선반에 놓여 있던 그것이 왜 쓰레기통에 버려져 있는지 알 수 없었다. '그립감 죽이는데' 하며 만족스럽게 웃던 재현이의 표정이 그의 머릿속을 스쳤다. 그의 심장이 멋대로 방망이질 쳤다.

재현이 방을 향해 가는 그의 발걸음이 무거웠다. 노크를 했다. 아무런 대답도 없었다. 슬며시 문을 열었다. 재현이는 해드셋으로 귀를 막고 컴퓨터 게임과 스마트폰을 번갈아 보면서 웃고 있었다. 가래침 뱉듯 거친 욕을 웃으면서 뱉었다. 그에게 비수처럼 꽂혔던 욕의 느낌과는 달랐다.

컴퓨터와 스마트폰 사이를 넘나들고 있는 지금의 욱은 그저 즐겁고 재미있는 노래 같았다. 재현이의 저렇게 해맑은 모습을 본 적이 언제였던가. 그는 재현의 행복한 시간을 전혀 방해하고 싶지 않았다. 그는 혼자서 나지막하게 속삭였다. 괜찮아, 괜찮아. 아빠가 다 해결해줄게. 그는 책상 서랍 속에서 크고 두툼한 청테이프를 꺼내서 다시 침실로 돌아갔다. 그는 화장실 틈새에 청테이프를 덧발랐다. 공업용 본드로 어설프게 메꿔놓았던 틈새가 더 단단하게 봉합되어 갔다. 그는 화장실 문 사방을 한 번 두른 다음 다시 두 번, 세 번 테이프가 다 닳아 없어질 때까지 화장실 문을 틀어막았다.

작업을 얼추 끝낸 그는 얼었다 녹은 조기 새끼처럼 노곤해졌다. 눈이 저절로 감겼다. 눈이 감겨 사방이 잠시 깜깜해지자 코끝에 머문 악취가 더욱더 선명해졌다. 그는 소스라치게 놀라서는 느슨하게 쥐고 있던 스마트폰을 단단히 틀어쥐었다. 검색창을 열어 검색어를 입력했다.

유학원, 이민, 아파트 시세, 강력한 악취 제거, 흥신소, 환경부장관상……. 머릿속에서 아직 정리되지 않은 단어들이 스마트폰 안을 유영했다. 날이 밝을 때까지도 그는 스마트폰에서 눈을 떼지 못했다.

실전, 모국어

나는 미국 미주리주 시카고 인근의 작은 도시에서 1년 남짓 살다가 일주일 전 귀국했다. 해외 지사로 파견 나가게 된 남편을 따라간 것이었는데 네 살짜리 아들 민이와 함께였다. 남편은 시차 적응도 되지 않은 채로 귀국하자마자 출근을 시작했고, 이제 막 다섯 살이 된 민이 역시 곧바로 어린이집에 등원했다.

혼자 집에서 항공우편으로 속속 도착하는 짐들을 정리하고 마른 먼지와 묵은 곰팡이를 없애느라 진을 다 뺐다. 민이가 어린이집에서 돌아오면 집안일을 제대로 할 수 없기 때문에 나 혼자일 때 서둘러 정리를 해야 했다. 서두를수록 컨디션도 집안 꼴도 더욱 엉망이 되어 갈 뿐 진척이 거의 없어 보였다.

한국의 절반도 안 되는 가격에 사 온 그릇 세트, 찻잔 세트 그리고 아울렛 매장에서 쓸어 담은 미국 브랜드의 옷들, 전압이 맞지 않지만 예쁘고 특이해서 가져온 미키마우스 라디오와 말하는 알람시계, 인사하는 전자저금통 따위의 자잘한 가전제품 등. 뭐든 욕심껏 챙겨오다 보니, 원래 있던 짐 사이에 비집고 들어갈 틈이 없었다.

나른하던 참에 따가운 오후 햇살에 눈을 몇 번 깜빡였던가. 그러다 잠시 눈을 붙였던 모양인데 자지러지게 울리는 핸드폰 소리에 놀라 갑자기 눈을 떴다. 얼마나 오랫동안 잠을 잔 것인지도 알 수 없었다. 꿈결인 것도 같았는데 핸드폰 시간을 보니 오후 3시였다. 민이 하원차량이 오려면 30여 분 남은 시각이었다. 혹시 이번에 새로 온 차량교사인가, 싶었다.

민이는 등원한 지 일주일째 매번 버스 승차 직전, 사라지기 일쑤였다. 차량교사는 내게 전화를 걸어 숨을 한껏 몰아쉬었다가 내뱉으며 말하곤 했다.

"어머니, 민이가 또 사라졌어요. 하 어떡해요. 아아. 아니아니 제 뒤에 있었네요. 어머니 지금 출발합니다."

민이는 숨바꼭질이나 술래잡기 같은 놀이를 좋아하는데 어린이집에서도 그걸 너무 좋아해서 탈이었다. 교사들은 민이를 찾느라 애를 먹었다. 매번 민이와 숨바꼭질 놀이를 해주던 차량교사가 어제 갑자기 그만둬서 새로운 교사가 왔다는 이야기를 어제 언뜻 들었던 참이다.

유기농 식단과 독일에서 수입한 원목으로 만들어진 놀이터가 마음에 들어 선택한 어린이집이었다. 집에서 5분 거리 안에 가정식 어린이집이 있었지만 나는 미국에 사는 한인 미시들의 커뮤니티에서 얻어 온 정보로 30분 통학거리에 있는 조금 규모가 큰 어린이집에 보내게 됐다.

민이가 사라졌다고 했다가 금세 안도하며 찾았다는 전화를 하는 거겠지. 그런데 혹시라도 민이가 진짜 사라졌으면 어쩌나, 새로 온 교사가 서툴러 숨바꼭질 놀이 중인 민이를 진짜 잃어버린 건 아닐까 하는 생각에까지 이르자 등줄기가 갑자기 서늘해졌다.

끊김 없이 계속해서 벨이 울렸다. 통화버튼을 누르며 앳되고 낯선 목소리를 기대했다. 그런데 볼륨을 최대로 높인 듯한 낯익은 목소리가 전화기 밖으로 쏟아졌다.

"언니언니, 나예요, 나! 바빠요? 응?"

한껏 들떠있었다. 차량교사는 아닐 것이다. 언니라니, 그렇다면 혹시 설마 미국에 있어야 할 미세스 장이 전화를? 나는 그녀일지도 모른다는 생각에 당황한 나머지 조건반사적 행동인 것처럼 빨간색 통화 정지버튼을 눌러버렸다. 걸려온 번호를 보니 국제전화가 아니었다. 010으로 시작되는 국내 핸드폰 번호였다. 그렇다면 미세스 장이 정말로 한국에 왔나?

목구멍에 묵은 먼지가 잔뜩 엉겨든 느낌이었다. 미세스 장에게서 드디어 벗어났다고 생각했는데 이건 너무 이른 거 아닌가 싶었다. 아니, 이르다 늦다가 중요한 게 아니라, 이제 겨우 미세스 장과의 껄끄러운 감정으로부터 해방됐구나 생각했고 나는 이제 전혀 다른 세상에서 완전히 다른 나의 세계를 살면 된다고 생각했고 그래서 이젠 더이상 미세스 장을, 다시는 볼 일이 없을 거라 생각했었다.

우유부단하고 의존적인 미세스 장이 설마. 진짜로 미국을 떠날 거라고 생각하지 않았다. 미세스 장은 사람을 정말 잘 믿는다. 미련하다 싶을 정도로 누구에게든 자기 속을 다 보여주고 잘 믿고 잘 속는다. 속고 또 속는데도 자기 스스로는 자기 자신이 매우 영악스럽다고 생각하는 특이한 여자다.

다시 또 전화벨이 울렸다. 조금 전 그 번호였다. 미세스 장에게 이렇게 집요한 면이 있었나? 전화벨은 신경질적으로 끊임없이 울려댔다. 숨을 한번 몰아쉰 뒤 다시 통화버튼을 눌렀다. 한껏 들떠있던 목소리 대신 짐짓 긴장되고 가라앉은 목소리였다.

"언니 왜 전화 그냥 끊어요? 엄청 반가워할 줄 알았는데 언니, 언니 이게 무슨 일이에요?"

나는 이번에도 아무 말 없이 뜨거운 것에 덴 것 마냥 깜짝 놀라 빨간색 정지 버튼을 눌러버렸다. 두 번째는 일부러 그러려던 게 아니었다. 전화를 받는 순간, 그녀가 우리 집으로 들이닥칠 것 같은 두려움이 자동반사적으로 정지 버튼을 누르게 만들었다. 나의 평온한 일상을 모두 깨뜨려 버릴 것만 같은 그녀. 귀국 후 완전히 새로운 생활을 시작하려던 나의 계획에 그녀는 전혀 없던 경우의 수였다.

호흡을 가다듬고 머리를 굴렸다. 딱 한 번이라면 몰라도 두 번째 걸려온 전화까지 끊어버렸으니 미세스 장이 내 SNS에 댓글로 도배질을 해서라도 나를 찾아낼 게 분명했다. 목이 아파서 말을 못할 지경이라고 하면 어떨까? 이렇게 생각하자, 진짜로 목이 부어오르는 느낌이 들었다. 나는 곧바로 미세스 장의 번호로 문자 메시지를 보냈다.

─ 미세스 장? 미안한데, 나 사실 지금 지독한 목감기라 ㅜㅜ 말을 할 수 없을 정도야. 문자로 해. 문자는 가능.

─ 언니 정말요? 어쩜 그런 일이 다 있어요? 어떡해요.

─ 괜찮아. 어디야?

- 공항이에요.

- 시카고?

- 아뇨. 인천이요.

- 인천공항?

- 네네. 언니, 언니가 꼭 오라고 했잖아요. 언니 떠나고 하루 이틀 만에 미국 뜨려고 했는데 그나마 차질이 생겨 일주일이나 걸린 거라고요.

- 아 그랬구나. 남편 따라온 거야?

- 아뇨. 그 인간이랑 여길 왜 와요. 언니가 한 말 잊은 거예요?

- 내가? 무슨 말?

- 세상에. 언니. 진짜 난 언니 떠나고 언니만 생각했는데 언니는 세상에. 한국이 좋긴 좋은가 봐요. 그리고 저 이제 더이상 미세스 장 아니에요. 김경은이에요.

- 김경은이었어? 왜 갑자기?

- 갑자기라뇨. 언니.

- 자기 엄마한테 먼저 인사드리러 가야 하는 거 아니야? 엄마도 아셔?

- 아직 말 안 했어요. 난 언니 보러 온 건데. 언니 너무 보고 싶어요. 언니 집 주소 좀 찍어줘요. 우리 데이빗도 민

이 너무나 보고 싶어 해요.

  - 이런, 미리 연락이라도 하고 오지. 민이가 아파서 집에 격리돼 있어 ㅜㅜ.

  - 왜요?

  - 수족구라는데 일주일 동안 아무 데도 못 나가. 바로 옮거든.

  - 정말요? 수족구? 전염된다고요? 어쩜 그런 일이 다 있어요?

  - 귀국하자마자 한국에 수족구 유행이었나 봐. 아주 난리야 난리.

  - 그럼 어쩌죠?

  - 아쉽지만 일주일 정도 자기 친정엄마한테 가 있어. 내가 나중에 다시 연락할게.

  일단 일주일의 시간을 벌 수 있는 말이었다. 이게 최선이었다.

  - 아직 엄마한텐 말할 용기가 안 나는데. 언니 잠깐만이라도 보면 안 돼요? 집 주소만 좀 찍어줘요. 네?

  - 미안해. 나랑 민이 상황이 말이 아니야.

  - 나 돈 많아요. 장택현한테서 훔쳐왔어요 아니 사실 다 내 돈인데 아무튼 훔쳐 왔어요. 언니 건물에 피아노 학원

내려고요. 전세금도 있어요. 언니 집 어디에요. 주소 찍어
주면 갈게요.

- 도망이라니. 너 정신이 있어 없어. 훔쳐서 도망이라니.
너 왜 이렇게 겁이 없니.

- 겁이 없다니요. 언니. 언니. 나 진짜 겁 많은 거 알잖
아요. 난 언니처럼 용기를 내고 싶었던 건데. 언니가 그랬
잖아요. 용기를 내라고. 끊어내야 한다고요. 이혼하고 한
국 오면 꼭 연락하라고. 언니도 이혼하고 건물 하나 받아
서 우리 같이 학원 하자고. 언니가 그랬잖아요. 언니. 난
언니만 믿고 얼마나 많이 노력했는데요. 그 남자한테서
도망치려고. 그런데 언니. 언니 어디 살아요. 주소 찍어줘
요. 언니.

- 너 참 순진하다. 나이가 몇 살인데 그걸 진짜로 하니?
그러니 여태 그러고 살았지.

하지 말아야 할 말을 한 것 같았는데 상대방도 그런 느
낌을 받은 것 같았다. 등골이 싸한 느낌이 들었고 계속해
서 이어지던 문자 메시지는 거기서 끊겼다.

돌이킬 수 없는 말이었지만 어쩔 수 없었다. 정말 미련
한 여자다. 내가 자기 하소연을 들어주고 위로해주는 차원
에서 했던 말들을 죄다 다 믿어버리고 나중엔 뭐 맡겨놓은

것 마냥 내놓으라는 식이니 이런 사람이랑은 얼른 인연을 끊는 편이 낫다.

사실 나는 평소에도 말을 잘 둘러대는 편이었다. 허무맹랑한 말을 지껄이는 허언증 수준은 아니고 곤란한 상황을 모면하거나 좀 있어 보이고 싶을 때 둘러대는 얕은 수준의 거짓말 정도였는데, 젊을 땐 나 스스로에게 감탄할 정도로 기막힌 말을 만들어내곤 했었다. 하지만 애 낳고 난 후론 조금 시원치 않아졌는데 마치 전기 회로가 꼬인 것 마냥 내가 뱉은 거짓말이 엉켜 언제 누구에게 어떤 말을 했는지조차 헷갈렸다.

나도 이혼할 거라고 했었나? 이혼하고 건물 하나 받아서 같이 학원 하자고 했었다고? 이혼은 누구 집 강아지 이름인가 싶었다. 내가 언제 거기까지 이야길 했나 기억이 가물가물했다. 하지만 이혼 생각은 늘 하던 것이었고 건물도 시어머니 명의로 되어 있는 게 있기는 있고 이혼한다면 내가 그 소유의 절반을 요구할 생각도 해오던 터였으므로 완전한 거짓말은 아니었다. 하지만 생각은 생각일 뿐 미세스 장의 딱한 사정을 듣고 내가 잠시 흥분했던 모양인데 미세스 장은 그걸 철석같이 믿어버린 것이다. 미세스 장은 농담해놓고도 이건 농담이야, 라고 꼭 짚어줘야 농담인 줄 아는 아주 답답한 종류의 인간인데 하여튼 내가 상대를 잘못 골라 너무 리얼한 거짓말을 한 것만 같다. 내가 정말로 이혼할 것처럼 보였나? 그런 말을 자주 하기는 한 것 같다. 그렇지만 죽고 싶다고 하면서도 죽지 않고 바득바득 살아가는 것과 비슷한 맥락의 말이라고 나는 생각했다. 하지만 미세스 장은 그게 아니었나 보다.

나의 거짓말은 미국에선 좀 더 대범했는데 미국경찰에게까지 거짓말을 둘러대서 위기를 모면한 적이 있었다. 차량 운행 중 아이 동반시 무조건 카시트를 해야 한다는 게 미국의 의무사항이 있었지만 카시트를 거부하는 민이 때문에 종종 카시트를 떼고 달리곤 했다. 하필 아울렛에서 그릇 쇼핑을 하고 뒷좌석에까지 짐을 잔뜩 실은 채 집으로 돌아오던 날, 신고 정신 투철한 어느 미국여자에게 신고를 당해 경찰이 나를 뒤쫓게 된 것이다. 우리 집 아파트 주차장에 차를 세울 때까지 경찰은 나를 계속해서 따라왔다. 경찰은 창문을 스윽 내려 나에게 오라고 손짓했다. 경찰은 왜 아이의 카시트가 없는지 차분한 목소리로 질문했다. 순간 나는 얼굴색 하나 변하지 않고 거짓말을 둘러댔다.

"나는 미국에 오늘 도착했고, 카시트를 사기 위해 마트에 갔는데 깜빡하고 지갑을 놓고 와서 다시 집으로 돌아오는 길이었어."

서툰 영어로 이렇게 둘러대자, 속아주는 건지, 속아 넘어간 것인지 알 수는 없었지만

"그것참 안됐군. 오케이 그럼 가."

라며 흔쾌히 나의 혐의없음을 인정해주었는데 돌아서자 뒷주머니에 장지갑이 꽂혀 있는 것이 경찰에게 발각되었다. 경찰이 나를 다시 불러 세웠다.

"뒷주머니에 그건 뭐지? 지갑 아닌가?"

나는 누가 봐도 지갑인 그 물건을 꺼내며 웃었다.

"하하 나도 이게 지갑인 줄 알았어. 자동차 키홀더인데 착각하기 참 좋게 생겼네? 그치?"

나는 외투를 걸치고 나갈 채비를 했다. 민이의 통학버스 정류장까지 걸어가면서 나는 미세스 장과의 만남에 대해 떠올렸다.

미세스 장을 처음 만난 건 키즈 북클럽에서였다. 키즈 북클럽은 '보더스'라는 집 근처 대형 서점에서 매주 화요일과 목요일 오전에 열렸는데, 3~4살 아이들을 대상으로 책을 읽어준 뒤 만들기 등을 하는 무료 액티비티 프로그램

이었다.

민이는 당시, 월, 수, 금에만 보낼 수 있는 데이케어에 다니고 있었는데, 데이케어에 보낼 수 없는 화요일 목요일에 무료로 열리는 이 프로그램이 있다는 사실이 무척 반갑고 의지가 됐다. 나는 민이를 매일 데이케어에 보내고 싶었지만 7세는 킨더가든, 6세는 프리스쿨, 그 이하의 어린아이들은 일주일에 총 3일만 등원이 허락되는 마덜스 데이 아웃(M.D.O)에 보냈다. 마음 같아선 한국처럼 매일 맡기고 쇼핑하고 원어민에게 영어도 더 많이 배워 볼 생각이었다. 꼼짝없이 일주일에 3일을 제외한 나머지는 내가 민이를 돌봐야 하는 게 못마땅했다. 그렇다 해도 직장인 엄마가 아닌 이상 저녁까지 종일 아이를 맡아주는 탁아소에 맡길 수는 없었다. 자격도 안 되었지만 비용도 턱없이 비쌌다.

보더스 키즈 북클럽은 주로 엄마가 어린 자녀를 데려와 함께 프로그램에 참여하는 식이었는데 지도교사가 책을 짧게 읽어준 다음 책과 관련된 활동을 하는 식이었다. 딱딱한 의자가 아닌 넓은 카펫 위에 자유롭게 앉도록 되어 있어서 엄마들은 벽에 기대어 쉬거나 자녀의 사진을 찍는 식었고 아이들은 놀이방처럼 비교적 자유롭게 돌아다닐 수 있었다.

미세스 장은 루즈핏 롱원피스 차림으로 벽에 기대어 앉아 정면을 응시하고 있었다. 비쩍 마른 쇄골을 그대로 드러낸 채 핏기없이 창백한 얼굴이었다. 긴 팔과 다리가 몸통에 위태롭게 붙어 있는 듯 보일 정도였지만 그럼에도 불구하고 그녀는 도도하고 품위 있는 자세였다. 마치 거식증에 걸린 모델처럼 보였다.

반면, 그녀 옆에 바짝 붙어 앉은 사내아이는 그녀의 얼굴보다 두 배 정도 커다랗게 보였는데 누군가 대충 그려넣은 것 같은 눈, 코, 입이 가운데를 향해 몰려 있었고 특이한 점은 얼굴 근육의 움직임이 거의 없었다는 것이다. 사내아이는 놀라거나 즐거워한 적도 없을 뿐 아니라 화를 내 본 적도 없을 것만 같은 무표정한 2D 캐릭터 같았다. 결코 호감형 인물들은 아니었다. 그저 모양새가 특이해서 눈길이 가는 정도였다. 그녀와 사내아이는 너무 닮은 구석이 없어서 그녀는 혹시 베이비시터나 이모, 혹은 새엄마가 아닐까 하는 생각도 했다. 사내아이의 검은 눈동자가 유난히 크고 텅 비어 보였는데 나는 그 눈빛을 보자마자 속마음을 들킨 것처럼 시선을 돌려버렸다.

반면, 민이는 5D 아이였다. 한순간도 가만히 있지 못하고 모터 달린 장난감처럼 이리저리 움직였다. 온갖 소리를 내면서 누군가를 건드리고 깜짝 놀란 사람의 반응이 재밌다는 듯 자지러지게 웃었다. 지도교사는 못내 못마땅한 눈치를 주었으나 나는 민이를 제어하기엔 역부족이었다. 사실 난 제어하려고도 하지 않았을 뿐만 아니라 더 솔직히 말하자면 제어할 필요성을 느끼지 못했다. 민이가 제멋대로인 것 같지만 그래도 사람을 잘 가린다. 덩치가 크거나 힘이 센 것처럼 보이는 사람은 절대 건드리지 않는다. 미국사람에게도 함부로 한 적이 없다. 단지 자기보다 더 약해 보이는 상대. 그런 상대를 용케도 잘 알아채고 집중적으로 건드렸다. 게다가 이곳에선 다시 더는 볼 것 없는 사람들뿐이라는 생각에 민이를 좀 더 즐겁고 자유롭게 뛰도록 놔두고 싶었다. 당하는 사람보다는 해하는 사람이 되는 편이 낫다고 생각했다. 맞는 놈이 되는 것보단 때리는 놈이 더 낫다.

그렇게 한 달여를 데이케어와 북클럽을 오고 갔다. 데이케어에는 민이 말고도 한국 아이가 하나 더 있었는데 이번에 같이 해외파견 근무를 나온 팀원 중 남편 후배의 아이였다. 영어로 대화를 못하는 민이에게 한국말 하는 친구가 있어 다행이라고 생각했다. 하교 시간 즈음 남편 회사 후배의 부인과 종종 마주친 일이 있었는데 처음엔 나에게 선

배 대접을 하며 살갑게 인사도 하고 한번 차나 한잔하자는 말도 하면서 친절하게 대했다. 그런데 일주일쯤 후부터 나를 대하는 태도가 바뀌어 나중엔 본체만체했다. 무슨 일인지 기분이 썩 좋지 않았는데 남편에게 이야기했더니 후배 그놈도 인사성이 영 좋지 않다며 다 똑같은 집안인가 보네, 했다. 나는 혹시 민이랑 그 아이랑 무슨 일이 있었나 싶어 민이에게 물어봤지만 그냥 걔랑 매일 노는데? 라고 하며 생글생글 웃었다. 하지만 머지않아 한국 아이 엄마가 왜 그런 태도를 보였는지 알게 되었다.

민이를 데리러 하교 시간에 맞춰 간 날. 데이케어 원장이 나와 잠시 할 말이 있다며 자기 방으로 불렀다.

"이건 좀 심각한 얘긴데 말이야. 민이가 오늘 매우 큰 잘못을 했어. 그동안 조금 욕심이 많은 아이라고는 생각했는데 오늘은 심각했어. 민이 말고 다른 한국 아이 있지? 타깃은 늘 그 아이였는데 매번 그 애 간식을 뺏더라구. 내가 말리면 다시 갖다주더라. 근데 내 눈을 피해서 다시 또 뺏어갔어. 처음엔 간식이었는데 그 다음엔 장난감. 그 다음엔 축구공, 그 애가 손에 들고 있는 건 뭐든지 뺏어가려고 하는 거야. 음 처음엔 그냥 아이들 사이에서 종종 일어나는 일이라고 생각했지. 그런데 그 강도가 점점 심해지더라구.

엊그제는 또 민이가 런치타임에 그 애 도넛을 억지로 뺏으려다가 런치박스가 엎어져 소란이 있었거든. 한국말인지 잘 모르겠는데 약간 욕도 한 것 같아. 평소엔 그냥 그 애가 양보해서 잘 넘어갔었는데 이번엔 그 애도 지지 않고 덤비더라구. 오늘은 급기야 그 애랑 주먹다짐까지 했는데 민이가 그 애 배에 올라타서 얼굴을 때렸어. 마치 권투선수처럼 말이야. 혹시 권투를 가르쳤니?"

데이케어 원장은 심각한 표정으로 말을 끝낸 다음, 한숨을 쉬었다. 여우처럼 입 주변이 튀어나오고 눈꼬리가 올라가 무척 사납게 보여 첫인상이 안 좋았는데 역시나 작정한 듯 쏟아내는 목소리까지 날카롭고 차가웠다. 나는 결코 당황하지 않은 척, 차분하게 대답했다.

"그랬구나. 걱정 마. 내가 그 애 엄마랑 잘 알거든. 알아서 해결할게. 됐지?"

하지만 데이케어 원장은 단호하게 말을 쳐냈다.

"아니. 되지 않았어. 민이는 내일부터 우리 데이케어에 나오지 말았으면 해. 싸움 장면을 목격한 미국 아이들의 학부모들 민원이 제기됐어. 더이상은 안 돼."

피해아동 엄마가 미국인이었다면 경찰 조사를 받을 수도 있는 중대한 사건이라고 했다. 다행히 상대가 남편 회사 후배의 한국 엄마였기 때문에 더이상 일을 크게 벌이지 않기로 합의하고 조용히 데이케어를 그만두는 것으로 마무리했다.

사실 이런 일은 한국에서도 있었다. 민이가 막 말을 배우기 시작할 때 즈음, 그러니까 미국 오기 얼마 전까지 다녔던 어린이집에서였다. 존댓말을 중요시하는 어린이집 담임교사 때문이었는데 민이는 이 일에 대해 자신이 왜 혼나야 하는지 억울해했다. 어린이집 담임교사 말고는 모두 민이가 무척 귀엽고 똘똘하다며 칭찬했을 때였으니까 말이다. 민이는 또래의 남자아이들보다 말이 빠른 편이어서 주변 어른들이 더 신기해했다. 나나 남편은 그런 민이가 혹시 영재가 아닐까 생각했고 또 민이는 그만큼 우리의 기대치보다 항상 더 잘했다.

그런데도 담임교사는 알림장에 지속적으로 이렇게 썼다. '민이가 웃어른께 가끔 반말을 해요. 가정에서 지도 부탁드려요.' 담임교사의 글 밑에 나는 이렇게 썼다. '집에서 시켜보면 존댓말을 아주 잘 하고요, 주변 어른들께도 아주 잘하는데 가끔 하는 실수이려니 생각해주세요.' 나는 기분이 좀 상했지만 최대한 예의를 지키려고 애썼다. 보육교사가 이런 나의 조심스러움을 비웃기라도 하듯, 다음 날 다시 또 알림장에 글을 써 보내왔다. '아뇨. 존댓말을 아예 모르는 건 아닌 것 같아요. 선생님들이나 원장님께는 깍듯하게 존대를 하거든요. 그런데 주방에서 일하시는 나이 드신 이모님께만 함부로 말을 해요. 반말로요.' 갑자기 얼굴이 뜨거워졌다. 아이를 사랑으로 돌보고 이해하려 애쓰기는커녕 문제점을 지속적으로 알리고 꼭 짚어서 가정교육을 문제 삼아 나를 공격하려는 듯 보였다.

다음날 나는 민이의 어린이집 차량에 아이들 전체가 다 먹을 분량의 초코머핀을 잔뜩 실어 보냈다. 그리고 담임교사에게 이렇게 썼다. '민이가 곧 미국에 가요. 그동안 감사했습니다. 민이가 식당 이모님 보니까 외할머니 생각이 났나 보네요. 외할머니랑 친해서 반말하곤 하는데, 반말은 때로, 친근감의 표현이기도 하답니다.' 그리곤 어린이집 원장에게 전화를 걸어 미국에 가게 되어서 어린이집을 그만두어야 한다는 전화를 했다. 원장은 담임교사와는 달리 민이가 어찌나 똘똘하고 예의 바른 아이인지에 대해 한참 동안 이야기하며 아쉬워했다.

하지만 미국에선 초코머핀 따위가 통하지 않았다. 한 달도 채 넘기지 못하고 강제 퇴원 당한 것이다. 이제 민이와 갈 수 있는 곳은 북클럽 뿐이었다. 일 년 중 10분의 1도 지나지 않았는데, 더럭 겁이 났다. 이렇게 활동적인 아이를 나 혼자 감당하기엔 벅차다는 느낌이 들었다.

지도교사는 아낌없이 주는 나무에 관한 책을 읽어주고 있었다. 나는 벽에 기대어 앉아 텀블러에 든 커피를 한 모금 마셨다. 아낌없이 주는 나무 같은 존재는 이 세상에 있을까. 과연, 그것이 부모라 해도. 어렸을 때 나의 부모는 아낌없이 주고 싶어 했던 걸까? 아낌없이 주고 싶었지만 줄 것이 없어서 허망했을까? 우리 부모처럼은 절대 살지 않을 거야. 나는 자주 일기장에 그렇게 썼었지.

나는 아낌없이 줄 것이다. 나는 내 아이에게 아낌없이 주고 또 줄 것이다. 일기장에 휘갈겨 썼던 그 문구를 떠올릴 때 즈음 민이가 난데없이 내 손의 텀블러를 낚아채 갔다. 텀블러 뚜껑이 열린 채였는데 뜨거운 커피가 바깥으로 튀어 위태로웠다. 내가 뒤쫓아 뛸수록 민이는 더 신이 나서 요리조리 방향을 틀며 재빨리 도망쳤다. 힐끔힐끔 뒤를 돌며 까르르 웃으면서. 세 번째인가, 뒤를 잠깐 돌았을 때 민이가 엎어졌다. 뜨거운 커피가 든 텀블러도 함께였다.

뜨거운 커피를 뒤집어쓴 것은 미세스 장의 아이였고 그 아이의 허벅지 부분에 커피가 흥건하게 쏟아져 있었다. 아마도 두꺼운 청바지 재질 덕분이기도 했고 커피가 적당히

미지근해진 탓도 있었겠지만 그 아이는 미동조차 하지 않았다. 표정에도 아무런 변화가 안 보였다. 북클럽에 있던 모든 엄마와 아이들은 그 상황에 놀라 일제히 눈을 동그랗게 치뜨고 쳐다만 볼 뿐이었다. 잠시 시간이 멈춘 것만 같았는데, 정적을 깨고 한국말로 먼저 사과한 것은 미세스 장이었다.

"미안하다. 아가야. 우리 데이빗 발에 걸려 넘어졌구나. 데이빗이 발을 좀 더 모으고 앉았어야 했는데."

미세스 장에게서 어떤 가식도 느껴지지 않았다. 진심으로 미안해하는 표정과 몸짓이었다. 가방에서 손수건을 꺼내더니, 민이부터 닦아주었다. 나는 미세스 장의 그런 태도가 무척 마음에 들었다. 어디서도 받아보지 못한 상대편 (대개 피해 아동) 부모의 태도였다.

나와 민이는 그 일을 계기로 미세스 장, 그리고 데이빗과 커플처럼 붙어 다녔다. 북클럽에서 인디언 깃털 모자를 만들다가 민이가 목공 풀을 잔뜩 짜는 바람에 데이빗의 손이 깃털로 범벅되었을 때도, 데이빗이 들고 있던 커다란 풍선을 민이가 일부러 터트렸을 때에도 미세스 장은 데이빗보다 민이를 먼저 걱정하고 달래줬다.

북클럽을 하지 않는 날에는 함께 월마트에 가거나, 도시락을 싸서 놀이터로 갔다. 아이들이 마음껏 미끄럼틀도 타고 그네도 탔는데 나와 미세스 장은 주로 벤치에 앉아 이야기를 나누었다. 민이가 데이빗과 있으면 마음이 놓였다. 민이가 데이빗에게 실수를 저질러도 데이빗은 화 한 번도 내본 적 없이 무던하게 가만히 있어주었다.

그런데 점점 의문이 생겼다. 데이빗은 어째서 아무런 표현도 하지 않는 것인지에 대해서 말이다. 내가 궁금해하는 눈치였는지 미세스 장이 먼저 입을 열었다.

"우리 데이빗은 덩치만 컸지 아직 말을 못해서 걱정이에요. 민이는 어쩜 저렇게 조그마한 게 말을 잘 해요?"

미세스 장은 데이빗에 관해 푸념을 하면서 민이를 치켜세웠다. 조금 더 이야기를 들어보니 말할 때가 되었어도 말을 잘 못하고 입속에서 말을 삼켜버리는 데이빗이 걱정이 되어 병원을 이곳저곳 다녀봤다고 했다. 여러 가지 검사를 해보았는데 결국 신체적인 결함은 발견되지 않았고 단지 조금 더 지켜보자는 말만 들었다고 했다.

"저는요, 데이빗이 말문이 좀 트였으면 좋겠어요. 민이랑 같이 놀면 좀 나아지지 않을까요?"

미세스 장은 이렇게 말하면서 민이와 데이빗이 함께 노는 모습을 흐뭇하게 바라봤다. 어느 순간, 신성한 믿음을 갖게 된 사람처럼 평화롭고 여유로운 표정이었다.

해질녘이 되자 미세스 장은 자기 집에 가보지 않겠느냐
고 했다. 마침 남편도 회사 일로 늦을 거라고 해서 바깥에
서 저녁을 해결하고 들어갈 생각이었다고 했더니, 미세스
장도 마침 남편이 다른 도시의 학회 참석 중이라 오늘은
집이 비었다고 했다.

미세스 장의 아파트에 들어서자 한가운데 넓은 호수가
한눈에 들어왔다. 좌우로 널찍한 날개를 한껏 펼친 거위
떼가 활강하며 호수 위로 내려앉았다. 데이빗은 익숙한 듯
미세스 장의 가방에서 무른 비스킷을 꺼내더니 거위 앞으
로 가서 던져주었다.

"민이를 만나기 전까진 이 거위들이 데이빗의 유일한 친
구였죠."

미세스 장은 가뜩이나 말문이 안 트인 데이빗이 거위들
과만 시간을 보내는 것이 못내 아쉬웠다고 했다. 민이는
미세스 장의 시선을 피해, 데이빗의 손에서 비스킷을 낚아
챘다. 그 모습을 나만 살짝 보았는데 데이빗은 다행히 아
무런 반응을 하지 않았고 나 역시 아무런 내색을 하지 않
았다.

민이는 자기가 주는 비스킷을 거위가 냉큼 받아먹는 모

습을 보면서 폴짝 뛰며 손뼉을 쳤다. 그리고는 비스킷을 다른 한 손에 잔뜩 쥔 채로 데이빗의 비스킷을 자꾸만 빼앗았다.

미세스 장의 집 거실은 마치 내일 곧 이사 갈 집처럼 텅 비어 보였다. 깔끔하게 정리된 집이라기보다는, 전혀 인테리어 되지 않은 컨테이너 박스 같아 보였는데 소파와 텔레비전을 제외한 물건들이 대부분 바닥에 놓인 채로 쌓아올려져 있었다. 액자도, 책도, 장난감들도 전부 바닥에 종류별로 그저 모여 있었다.

민이는 낯선 곳에 왔지만 전에도 자주 와 본 곳인 것 마냥 주인이 신발을 벗기도 전에 먼저 들어가 사방의 물건을 만지며 돌아다녔다. 거실 분위기를 더욱 음산하게 만드는 검정색 암막커튼에 시선을 뺏긴 순간, 어디선가 피아노 건반 소리가 났다. 도, 도, 도, 도, 민이가 까르르르 웃으면서 한 개의 건반을 계속해서 두드렸다. 책과 장난감에 파묻힌 장식장인 줄 알았던 가구 하나가 피아노였다.

미세스 장은 피아노를 찾아낸 민이가 기특하다는 듯 피아노 주변을 잔뜩 덮고 있던 장난감과 책을 들어 바닥에 내려놨다. 미세스 장은 피아노 건반 덮개를 열어 낮은 건반부터 차례로 두드렸다. 피아노 음이 제대로 나오는지 검사하는 조율사처럼 음계 하나하나의 소리에 신중하게 귀를 기울이는 것 같았다. 미세스 장이 건반을 치다 말고 나에게 물었다.

"언니도 피아노 칠 줄 알아요?"

"나? 피아노 어릴 땐 꽤 쳤었는데 그만뒀어."

"왜요?"

"자꾸 내 손가락을 때리던 선생 때문에! 음계를 하나라도 잘못 짚을라치면 손가락을 똑똑 때리는데 그때마다 뼈 때리는 소리라고 해야 하나. 그런 소리가 리드미컬하게 들렸지. 검은색 모나미 볼펜이 내 손가락 관절뼈를 하나하나 정확하게 조준해서 똑똑 때렸어. 한동안 참다가 엄마한테 털어놨는데 엄마가 막 화를 내는 거야. 그딴 학원 당장 그만두라고. 바로 그 다음날 그만뒀지. 그 뒤론 피아노 만져 본 적도 없어."

"어머 언니 정말 멋져요. 어쩜 어린 나이에. 어떻게 그렇게 바로 그만둘 수가 있었을까요. 나였다면 못해요. 그냥 꾹 참고 계속 다녔을걸요."

단지 손가락 때리는 문제로 그만두었다고 믿는 미세스 장은 반짝이는 눈빛으로 나를 올려다봤다.

사실 피아노 학원을 그만둔 진짜 이유는 6개월째 밀린

레슨비 때문이었다. 피아노 선생이 내 손가락을 때린 것도 엄마가 화를 낸 것도 피아노 학원을 그만둔 것도 모두 사실이었지만, 미세스 장에게 밀린 레슨비 이야기는 하지 않았다. 6개월 동안이나 참아주었던 피아노 선생은 시간이 지날수록 참을성이 옅어졌는지 손가락 때리는 횟수가 더 잦아졌고 나는 그걸 이유로 그만두게 된 것이다.

내 말을 믿고 나를 우러러보기까지 하는 모양새가 신이 나서 나는 한 술 더 떠 말을 보탰다.

"돈 내가며 배우는데 굳이 맞으면서까지 배울 필요가 있느냐고. 겨우 손가락 몇 번 맞았을 뿐인데 난 충격적이었지. 여태 난 누구한테든 등짝 한 번 맞은 적이 없어. 엄마가 항상 가르쳤었지. 누구든 때리면 절대로 가만두면 안 된다. 감방에 처넣어야 한다."

엄마가 그렇게 말한 건 사실이었지만 모든 사람이 자기가 한 말대로 똑같이 사는 사람은 없으므로 우리 엄마 역시 자주 분노를 조절하지 못하고 나를 때렸다. 옷걸이라든지 파리채 같은 것. 손에 잡히는 건 무엇이든 나를 향해 던졌다. 손에 잡히는 게 아무것도 없을 때는 손바닥으로 또는 주먹으로 때리고 밀쳐냈다. 때리는 누구든 감방에 처넣어야 한다던 엄마는 그러나 나를 자주 때렸고 감방에도 한 번 가지 않았다.

"그러는 자긴, 피아노 칠 줄 알아?"

피아노 브랜드가 한국 것인 걸 보면 한국에서 가져온 모양인데, 피아노 뚜껑조차 한 번 열어 본 것 같지 않은 게 궁금했다. 미세스 장은 슬며시 미소를 띠더니 무슨 말을 꺼내려다 말고 삼키는 것처럼 보였다.

"언니 나 사실 피아노 전공했어요. 피아니스트가 꿈이어서 꿈에 그리던 미국에 왔는데, 지금은 그냥 미세스 장이에요."

미세스 장은 피아노가 좋아서 거의 혼자 독학으로 하다가 입시 때만 잠깐 레슨받은 후 대학에 합격한 실력자였다. 그럼에도 불구하고 그녀의 부모는 우리 형편에 무슨 피아노냐고, 먹고 죽을 돈도 없다며 취미로나 하라며 비아냥거렸다고 했다. 피아노 말곤 아무것도 할 줄 아는 게 없다고 생각했던 그녀는 부모가 제대로 밀어주기만 했었어도 지금쯤 엄청나게 유명한 피아니스트가 되어 있었을 거라며 웃었다.

"한국에 피아노 잘 치는 사람이 얼마나 많아요. 유학 한 번 안 간 사람은 명함도 못 내밀죠. 내 실력으로 당당히 합격한 대학조차 등록금을 제대로 내지 못해 휴학하고 말았을 때 장현탁이 내 앞에 나타난 거죠. 아르바이트 삼아 교회에서 피아노 반주를 하고 있던 무렵이었는데 처음 보는 남자가 평소 내게 친절을 보여주시던 장로님, 권사님과 나란히 앉아 예배를 드리고 있어 눈이 자꾸 갔더랬죠. 예배가 끝난 후 권사님이 제 쪽으로 오시더니 미국에서 유학 중인 아들이라고 소개시켜주셨어요. 외과 전문의 미국 유학생이라니. 제가 그렇게 바라고 또 원하던 삶을 살고 있는 그를 보자마자 가슴이 뛰었죠."

장현탁의 신붓감을 찾던 권사님이라는 분이 미세스 장을 평소 눈여겨본 모양이었다. 지금은 비록 비쩍 말랐지만 그때만 해도 적당히 붙은 살에 날씬하고 제법 큰 키, 단아한 원피스를 차려입은 피아노 반주자였는데 아마도 성질 고약한 지휘자의 비위를 잘 맞추는 순종적인 성격이 가장 마음에 들었을 것이라고 말하며 쓸쓸한 표정을 지었다. 미세스 장이 반주를 맡기 전, 지휘자와의 트러블로 그만둔 반주자가 여럿이었는데 미세스 장은 아무런 트러블도 없이 최장기간 반주를 맡아 한 사례라 했다.

나는 미세스 장이 장현탁을 알게 된 지 겨우 3개월 만에 그와 결혼해서 미국에 왔다는 사실을 알게 되었다. 너무 순식간에 진행된 결혼과 이민이었을 것이다. 미세스 장은 피아니스트의 꿈과 유학이라는 꿈 두 마리 토끼를 잡기 위해 미국 유학 중인 남자와의 결혼이라는 수단을 이용한 것이었다.

"나름 현명한 판단이었다고 생각했는데."

미세스 장은 말을 잇지 못했다. 나는 이런 심각한 분위기를 잘 못 참는 편이었다. 나는 그녀의 남편이 그래도 외과의사 전문의라는 사실이 얼마나 뿌듯한 것인지에 대해 이야기하려고 말을 꺼냈다.

"나는 민이가 이다음에 피아노 잘 치는 남자였음 좋겠어. 멋지지 않아? 그냥 피아니스트 말고 의사인데 피아노 잘 치는 남자라든가, 그런데 아직 우리 민이는 피아노 따위엔 관심도 없고 장난감 드럼만 막 두드리고 놀잖아. 뭐든 두드리는 걸 좋아하는 거 같아."

"에휴 언니, 미국에선 의사보단 차라리 이발사가 낫다니까요. 미국 외과의사는 한국에서랑 달라요. 피아노 잘 치는 이발사가 더 멋져요."

나는 미국 어느 바버샵에서 흑인의 머리를 깎고 나서 머리카락을 치우다 말고 피아노를 치는 민이를 상상했다. 피아노를 치고 있는데, 아까 그 흑인이 귀에서 피를 뚝뚝 흘리면서 귀를 니가 잘랐니, 장난이었니, 하는 장면이 떠올라 흠칫 놀랐다.

미세스 장은 내 말을 듣다 말고 뭔가 좋은 생각이 났다는 듯 표정이 밝아졌다.

"언니, 피아노 다시 배워볼래요? 제가 가르쳐줄게요."

나는 미세스 장이 먼저 제안을 했으므로 마음에 준비 없이, 그래 좋지, 라며 선뜻 피아노를 가르쳐 달라고 했다. 그런데 미세스 장은 갑자기 흥정하는 장사꾼처럼 눈을 가느다랗게 뜨면서 목소리를 낮췄다.

"내 유일한 언니니까 특별히 싸게 받을게요. 이 근처 보통 회당 50불 받던데요 언닌 그냥 40불만 내요. 북클럽 안 가는 날 일주일에 3회. 오케이?"

평소와는 달리 활기에 찬 모습의 미세스 장에게 적응이 안 됐다. 표정관리도 제대로 안 되었지만 미세스 장은 아는지 모르는지 혼자 신이 나있는 듯했다. 나는 마지못해 '으응, 그러지 뭐 고마워.' 라고 답해버렸다.

그 후로 나는 그 집에 자주 드나들었다. 피아노 레슨을 이유로 반복된 방문이었지만 항상 양보해주는 데이빗을 상대로 민이가 마음껏 놀 수 있을 뿐 아니라 미세스 장도 민이에게 한없이 자상하고 친절하니까 난 그녀의 집이 정말 편했다. 피아노 레슨이 끝나면 각자의 남편이 돌아올 때까지 우리는 차와 다과를 나누며 이야기를 나눴는데 주로 미세스 장이 자신의 비밀을 조금씩 털어놓는 식이었다.

"학교는커녕, 집 밖으로도 못 나가게 했어요. 언닌 여행 많이 다녔잖아요."

나와 남편은 1년 예정으로 미국에 머무르는 것이었기 때문에 연휴나 휴가 때면 무조건 동쪽으로 서쪽으로 여행을 다녔다. 워싱턴 DC 백악관부터 스미소니언 뮤지엄, 링컨기념관, 브로드웨이 극장의 뮤지컬극장과 뉴욕투어 2층 버스, 자유의 여신상 머리 꼭대기에 있는 전망대까지. 미세스 장은 반짝반짝 빛나는 눈으로 나를 올려다봤다. 한국 살 때 제주도 가 본 게 전부라고 했다. 미세스 장의 어두워진 얼굴을 보면서 서둘러 얼버무렸다.

"하긴 토박이들은 오히려 여행 잘 안 가잖아. 서울 토박이들은 남산타워나 63빌딩 같은데 잘 안 가는 것처럼."

사실 난 그녀가 시카고 토박이가 아닌 걸 알았지만 그냥 그렇게 말해줘야 할 것 같았다. 그녀도 그런가? 하면서 웃는 것도 아닌, 우는 것도 아닌 미묘한 얼굴을 했다.

또 어떤 날은 남편 장현탁에 관한 이야기를 조금 더 구체적으로 했다. 장현탁은 칼을 잘 다루는 사람인데 집에서는 다정다감한 요리사, 밖에서는 촉망받는 외과의사라는 것이다. 한국음식 그립지 않으냐며 해물 누룽지탕을 해주었던 날도 있고 서울 맛집 레시피라며 차돌박이 짜장면도 해주었다고 했다. 유학을 마치고 전도유망한 외과전문의로 취업해 수술 성과도 좋았다.

"자길 너무 아끼나 보다. 밖에도 못 나가게 하면서 요리도 잘 해주고 말이야."

나는 정말로 장현탁이라는 남자가 미세스 장을 아껴서라고는 생각하지 않았고, 집에서 다정다감한 요리사라는 부분이 조금 의아하게 여겨졌지만 묻지 않았다. 그런데 미세스 장은 전혀 웃지 않고 말했다.

"요리해주다 말고 칼날을 훑어보며 이러더라구요. 칼이라는 게 참 묘한 물건이야. 사람을 살리기도 하고 죽이기도 하니까."

미세스 장은 장현탁의 말을 옮기다 그 서늘한 미소를 떠올렸는지 몸을 약간 움츠렸다.

"사실 신혼 첫날부터 때렸어요. 하루도 빠짐없이."

너무 갑작스러운 고백이었다. 나는 표정을 어떻게 만들어야 할지 몰라서 헛기침을 몇 번 했다.

"신혼 첫날 피곤하다며 침대에 먼저 누웠는데 갑자기 뺨을 때렸어요. 첫날엔 당황했고 서로 예민해진 탓이라고 생각했는데 그다음 날도 그다음 날도 사소한 이유를 대며 때렸죠. 때릴만한 이유가 생겨 때린다고 생각했는데 차츰 때리기 위해서 이유를 만들어내는 느낌이 들었고 점점 그 강도가 세어졌어요."

죽일 것처럼 때렸다가도 상처에 연고를 발라주면서 미안하다고 다시는 안 그러겠다고 사과하면서 색다른 요리를 해주는 생활이 반복되었다는 것이다.

"장현탁이 어쩌다 때리지 않고 잠이 들면 홀가분하기보다 어쩐지 불안했어요."

장현탁의 부모는 자기 아들의 손버릇을 알고 있는 것 같다고 했다. 파혼을 당했는지 번번이 사귀던 여자들과 헤어진 것을 보고 미세스 장을 급하게 때릴 대상으로 점찍은 것이 아닌가 하는 생각도 든다고 했다. 피아니스트나 유학은 그저 미끼일 뿐이었고 잡힌 물고기에게는 더이상 먹이를 주지 않는 것처럼, 장현탁은 미세스 장이 가져온 약간의 목돈을 가져간 뒤 경제권을 아예 빼앗고 그저 집에서 장현탁의 뒷바라지만 하길 바랐다.

나는 미세스 장의 이야기를 들으며 분노가 치밀었다.

"이거 이거 완전 사기꾼 집안이네?"

미세스 장보다 내가 더 화를 내며 얼굴 한 번 보지 못한 장현탁과 그의 부모를 비난했다. 미세스 장은 아무에게도 말하지 않은 비밀이라고 했다.

"언니한테만 털어놓는 거예요. 한국에 계신 부모님도 몰라요. 알면 정말 큰일 나요. 피아노 치는 거 반대했는데 유학도 내가 고집 피워서 가고 싶다 했던 거고, 결혼도 급하게 내가 결정 내린 거고. 모두 내 탓이라면서 비난할 게 뻔해요. 그런데 언닌 내편 해줘서 좋아요."

미세스 장은 내 손을 꼭 잡고 한참 동안 말을 잇지 못했다. 나와 미세스 장이 이야기를 나누는 동안 민이는 데이빗과 정말 잘 놀았다. 전혀 손이 가지 않았다. 민이는 주로 데이빗의 물건을 빼앗았고 데이빗은 뺏겨도 아무런 반응을 하지 않았다.

미세스 장은 한동안 더 많은 비밀을 털어놨고 나의 반응에 잔뜩 신나 했다. 이런 말 털어놓는 것도 처음이고, 맞장구쳐주는 상대도 나뿐이었다고 했으니까. 나는 미세스 장의 이야기를 듣고 더욱 임팩트 있게 맞장구를 쳐주어야겠다고 생각했던 것 같다.

"당연히 난 미세스 장 편이지. 나쁜 놈! 이렇게 어리고 예쁜 미세스 장을 미국까지 데려다가 대체 뭐하는 짓이냐구. 세계적 피아니스트가 되었을 사람을 말이야!"

이렇게 말하며 미세스 장의 등을 어루만져주었는데 그녀의 등이 엷게 떨리는 게 느껴졌다.

"어머어머. 언니 너무너무 고마워요. 어떡해요. 나 눈물나. 이렇게 날 인정해준 사람 처음이에요."

나 역시 나를 이렇게 믿고 우러러보기까지 해주는 사람은 처음이었다. 엔돌핀이 충만해진 나는 기분이 들떠서 호흡도 말도 무척 빨라지고 있었다.

"그런 놈이랑은 당장 헤어져. 헤어지라구. 끊어내. 용기를 내. 미적대다간 너 늙어 죽는다. 내내 이러고 살다가 늙어 죽고 싶어?"

"언니 정말 멋져요. 내가 과연 할 수 있을까요?"

"그럼그럼. 할 수 있지. 그놈 목을 따! 목을 따서 복수해. 돈 다 찾아서 도망쳐!"

정말 나는 그냥 뱉은 말이었다. 죽이고 싶다고 해서 진짜 죽여버리는 사람이 몇이나 될까. 우린 하루에도 수십 번씩 죽겠네, 죽고 싶어, 죽이고 싶어, 이런 말을 수시로 하지 않나? 그런데 하필 그때 미세스 장의 눈빛이 여느 때와 달리 날카롭게 빛이 났다.

"그럼 나 뉴스에 나올 수도 있겠네요. 머그샷 찍히는 건 싫은데. 도망쳤다가 인터폴 적색 수배 뜨겠죠? 근데 한국으로 도망치면 언니 나 숨겨 줄 거죠?"

그녀의 눈빛이 변한 걸 심각하게 생각했더라면 나는, 거기서 다른 데로 말을 돌렸어야 했는지도 모른다. 그런데 난 나도 모르게 정의감에 불타는 영화 속 주인공의 조력자가 된 것마냥 자신감 넘치는 말투로 이렇게 말했다.

"걱정 마. 한국에 나 건물 있는 여자야. 지금 잘되는 학원이 있는데, 거기 내보내면 돼. 난 영어학원 원장님! 자긴 피아노학원 원장님! 어때?"

"정말요? 언니 건물까지 있구나. 언닌 영어 잘하지, 민이는 한국말 잘하지, 남편 자상하지, 돈까지 많지. 정말 언니가 너무 부러워요. 한국에서 옆집 살면 정말 좋겠다. 우리데이빗이랑 민이도 너무 잘 놀고 언니는 늘 내 편 들어줄거고."

미세스 장은 내 말을 죄다 믿는 눈치였다. 그러거나 말거나 나는 크게 신경 쓰지 않았다. 내가 그녀와 수다를 떠는 사이 매번 장난감을 뺏기면서도 트러블 한번 일으키지 않고 놀아주는 데이빗의 존재만으로도 나는 족했다.

미세스 장은 우리가 이미 한국에서 알콩달콩 붙어살게 된 것 마냥 신이 나서 한참을 떠들었다. 미세스 장은 그러다 문득 어떤 생각이 떠올랐는지 잔뜩 긴장된 듯 말했다.

"진짜로 그런 날이 오기는 올까요?"

미세스 장의 목소리가 미세하게 떨렸다. 나는 한껏 더 명랑한 하이톤으로 말했다.

"뭐든 머릿속으로 그림 그리듯 생각하고 그대로 믿으면 진짜 현실이 된다. 그런 책 몰라? 믿으면 되는 거야."

아마도 그때부터였을 것이다. 미세스 장이 돈을 모으는 일에 더욱 혈안이 되었던 것이. 나에게 매주 꼬박꼬박 받아가는 레슨비로도 모자랐는지, 북클럽에 가는 대신 나에게 데이빗을 맡기고 아르바이트를 하러 다녔다.

뷰티서플라이라는 곳이었는데 주로 흑인들을 대상으로 한 가발 판매 가게였다. 미주 한인들이 세탁소 다음으로 많이 종사하는 사업이 바로 뷰티서플라이였다. 미세스 장은 아르바이트를 다닌 후부터 말투와 행동이 조금씩 변해 갔다. 비록 뼈밖에 남지 않은 앙상한 체구였지만 품위 있어 보였던 그녀가 과한 액세서리와 진한 화장으로 조금 싼티 나게 변한 것이다. 말투도 백인들이 쓰는 점잖은 영어가 아닌 흑인영어를 섞어 썼다. 남편에게는 나에게 레슨비를 받는 것과 아르바이트로 뷰티서플라이에 나가는 것을 비밀로 한 모양이었다.

데이빗이 민이의 모든 욕심을 다 받아주어 편하기는 했

지만, 그렇다고 해서 애를 맡아 보는 일이 썩 유쾌한 일은 아니었다. 게다가 미세스 장은 나에게 레슨비를 꼬박꼬박 받아가기만 할 뿐, 데이빗을 돌봐주는 비용에 대해선 입을 닫았다. 돈을 더 많이 모아야 한다는 말뿐이었고, 나는 자기편이라서 데이빗을 돌봐주는 것도 기꺼이 자발적으로 해주는 것이라 믿는 것 같았다. 미세스 장에게 서서히 불편한 마음이 생겼지만 한국으로 갈 날을 두어 달 앞두고 있던 나로선 굳이 껄끄러운 관계를 만들고 싶지 않았다.

나는 데이빗과 민이를 데리고 북클럽에 다니기 시작했다. 북클럽에는 두 명의 동양인 여자가 더 있었는데 어느 순간부터 미세스 장이 안 보이고 내가 대신 데이빗을 데리고 다니는 것에 관심을 보였다. 동양인 중 한 명은 일본여자였고, 또 한 명은 대만에서 온 중국계 여자였다. 일본여자가 먼저 서툰 영어로 내게 말을 걸었다.

"이 아이 엄마는 왜 너한테 아이를 맡겼니?"

나는 미세스 장이 데이빗을 맡기게 된 이유에 대해 간단하게 설명했다. 평소엔 말도 걸지 않던 여자들이 갑자기 말을 걸어 약간 당황하던 참에 그들이 왜 나에게 그런 말을 했는지 조금 후 알게 됐다. 대만에서 왔다는 여자가 먼저 조심스럽게 입을 뗐다.

"나는 봤다. 미세스 장. 벤츠에서 내렸다. 흑인 남자랑 같이."

잠깐 당황했는데 이 두 여자들이 나를 아무것도 모르고 이용당하는 바보 취급을 하는 것 같아 약이 올랐다. 나는 짐짓 알고 있었다는 듯이 대답했다.

"그래? 걔가 좀 헤퍼. 쎄컨드, 써드, 셀 수가 없어."

내 짧은 대답에 두 명의 동양여자들은 까르르 웃었다. 농담으로 들었는지 진담으로 들었는지는 알 수 없지만 나를 보던 측은한 눈빛이 돌연 의뭉스러움으로 바뀌었다. 나를 흘끗 다시 보다가 자기들끼리 귀에 대고 뭔가를 한참 동안 속닥거리며 웃었다.

귀국 날짜가 한 달여 앞으로 다가왔을 무렵이 됐다. 나는 미세스 장에게 피아노레슨을 그만두겠다고 말했다. 얼마 남지 않은 귀국 준비로 바쁘기도 하고, 남편도 이제 남은 한 달간은 회사에 나가지 않아도 되어서 집 밖으로 나가기가 좀 애매하다고 했다. 서운해할 줄 알았던 미세스 장은 그러나 표정이 더욱 밝아져서는 손뼉을 쳤다.

"어머 언니언니 굿뉴스네요!"

나에게 받아가는 레슨비가 끊기는 것인데 뭐가 굿뉴스라는 것인지 알 수 없었다. 그런데 알고 보니 그녀는 아르바이트로 다니던 뷰티서플라이에서 매일 규칙적으로 출근을 해달라는 제안을 받은 터였다. 영업에 대한 인센티브까지 챙겨 받게 됐다고 했다. 게다가 내가 데이빗을 하루 종일 돌봐줄 수 있으니까 얼마나 좋으냐는 말이었다. 그녀의 제안이 썩 내키진 않았지만 딱 한 달 만 참으면 되는데, 뭐, 라고 생각하며 그래, 나만 믿어. 잘 됐네, 라고 했다.

그날 이후 한 달 동안 데이빗은 미세스 장이 출근할 시간부터 퇴근할 시간까지 꼬박 9시간 정도를 우리 집에 머물게 됐다. 미세스 장은 데이빗의 주머니에 항상 비스킷을 챙겨줬다. 데이빗은 비스킷 말고는 썩 좋아하는 음식도 없는 듯했다. 말을 하지 않으니 그 속마음도 도통 알 수 없었다.

미세스 장의 시선이 사라지자 데이빗을 대하는 민이의 태도가 조금 더 거칠어졌다. 남편은 집에 있긴 했지만 귀국준비로 바빠 늘 예민한 상태였다. 민이 말고도 다른 아이가 또 하나 더 우리 집에 있다는 사실이 마음에 들지 않는 모양이었다. 저 자식은 대체 뭔데 매일 우리 집에 와서 있느냐고 물었다. 내가 옆구리를 치면서 눈치를 줬다. 아직 말을 잘 못하는 앤데, 애 엄마가 일 나가느라 애를 맡긴 거라고. 우리 둘이 수군거리자 데이빗은 퍼즐을 만지다 말고 나와 남편의 얼굴을 가만히 응시했다.

"저 자식 몇 살인데 아직 말도 못해? 더럽게 기분 나쁘게 생겼네."

남편은 데이빗을 향해 못마땅한 듯 쏘아붙였다. 나는 남편의 옆구리를 또 한 번 찌르며 말을 못한다고 해서 듣지 못하는 건 아니니까 조심하라고도 했다. 남편은 민이에게 장난감을 뺏기고 얻어맞으면서도 아무 표현도 하지 않는 아이가 어쩐지 소름 끼친다고도 했다.

민이는 하루 종일 데이빗에게 쏟아냈다. 거친 말과 행동들을. 개새끼, 시발놈. 멍청한 새끼, 쪼다, 너구리. 납작만두 같은. 욕 같지도 않은 말들을 귀엽게도 지어내서 종알거렸다. 그러면서 데이빗의 커다란 머리를 한 대씩 툭툭 치곤 했는데, 그러면서 민이 혼자 까르르 웃었다. 상처가 나게 때린다거나 하는 일은 없었다. 데이빗이 말을 할 줄 모르니 가서 전할 일도 없을 것이었다.

그러던 어느 날 약간의 사고가 생겼다. 민이가 A4용지로 비행기를 접어달라고 해서 최대한 멀리 날아갈 수 있도록 끝을 뾰족하게 접어준 게 문제가 됐다. 민이는 그걸 들고 신이 나서 온 방 안을 돌아다니다가 데이빗을 향해 돌진하기 시작했다. 데이빗은 달려드는 민이를 바라보면서 꿈쩍 않고 앉아 있었다. 민이가 데이빗의 얼굴을 향해 그것을 던졌는데 측면에서 바라보니 눈을 정곡으로 찌른 것처럼 보였다. 나도 모르게 비명을 지르며 뛰어갔는데 다행히 눈동자를 찌른 것은 아니고 눈 옆의 살이 약간 찔린 듯했다. 민이도 놀랐는지 잠시 머뭇거렸다. 민이가 놀랄까 봐 조금 상처가 났지만 괜찮아. 라고 했다. 데이빗은 여전히 눈만 끔뻑거릴 뿐 아무런 반응을 하지 않았다. 나는 데이빗의 손톱이 약간 긴 것을 확인하고 손톱을 깎아줬다. 그리고 퇴근 후 데이빗을 데리러 온 미세스 장에게 이야기했다.

"얘 손톱 길어서 자꾸 지가 긁는다. 상처 좀 봐. 내가 손톱 깎아줬어. 얌전히 잘 있더라."

둘러대며 말하는 나에게 미세스 장은 거의 울듯이 기뻐하며 고마워했다.

"그래요? 언니? 하 너무 고마워요. 손톱까지 깎아주는 베이비씨터가 어디 있어요. 그럼요. 데이빗은 얌전하죠."

그 후로도 민이는 상처를 낼만한 사고는 치지 않았지만 종종 데이빗을 향해 침을 뱉거나 욕을 했다. 그런데도 가만히 있는 데이빗에게 남편은 정말 한심하다는 듯이 말했다.

"진짜 저 놈 바보 아니야?"

귀국 하루 전날. 나는 미세스 장에게 이제 마지막이네. 라는 말과 함께 데이빗을 넘겨줬다. 홀가분한 마음이 컸다. 미세스 장은 정말 고맙다는 표정으로 내 두 손을 꼭 잡으며 말했다.

"언니 내가 꼭 갈게요. 이 은혜 꼭 갚을게요. 언니언니 너무 고마워요."

나는 손사래를 치면서 우리 사이에 뭘 갚느냐고 했다. 공항까지 배웅해주겠다는 그녀를 겨우 말렸다.

그렇게 헤어진 지 딱 일주일이 지난 것이다. 그런데 정말로 미세스 장이 왔다.

3시 30분. 민이의 하교 차량 도착 시간에 맞춰 100동 아파트 앞에 섰다. 외투 주머니에 든 핸드폰에서 다시 소리가 났다. 메시지 알림 음이었다. 핸드폰을 꺼내 들자, 아니나 다를까 조금 전 끊겼던 미세스 장의 메시지였다. 내가 답장할 틈도 없이 계속해서 메시지가 올라왔다.

- 어머어머 언니언니. 우리 데이빗이 방금 뭐랬는지 들었다면 정말 깜짝 놀랄 거예요.

- 언니 전화 끊자마자 데이빗이 막 말문이 트인 것처럼 한국말을 하는데요.

- 사과? 사과도 안 좋아하는 애가 왜 자꾸 사과 달라는

데? 뭐? 사과하? 사과하라고? 이 개새끼?

    - 정말 신기해요. 그죠? 언니 민이 너무 보고 싶어요. 일주일 후면 싹 낫는 거죠? 언니?

    - 하하하. 데이빗이 자꾸만 한국말로 욕을 해요.

  순간 머릿속이 하얘졌다. 데이빗의 텅 빈 눈이 바로 눈앞에 있는 것만 같아 소름이 돋았다. 나는 손에 쥐고 있던 핸드폰을 있는 힘껏 차도 위로 던졌다. 이 순간을 모면하고 싶은 마음뿐이었다. 어린이집 버스가 코너를 돌아 내앞으로 오는 중이었다. 버스 바퀴는 핸드폰을 부드럽게 밟으며 내 앞에 멈춰 섰다. 놀란 기사가 뒤늦게 급브레이크를 밟았지만 액정이 모두 깨져버린 상태였다. 민이를 하차시켜주러 나온 차량교사도 놀라며 호들갑을 떨었으나 나는 괜찮다며 손사래를 쳤다. 차량교사는 연신 배꼽인사를 한 뒤 서둘러 버스에 올라탔다.

  버스가 지나간 아스팔트 도로에 남겨진 핸드폰의 깨진 액정 위로 문자 알림이 계속 떴다. 민이가 달려가 핸드폰을 주워들었다. 이제 막 한글을 배우기 시작한 민이가 알람 온 문자들을 더듬더듬 읽기 시작했다.

개. 새. 끼. 시. 발. 놈. 멍. 청. 한. 새. 끼. 쪼. 다. 너. 구.
리. 납. 작. 만. 두.

욕을 또박또박 발음하는 민이의 표정은 무척 진지해 보
였다. 그것은 마치 이 세상의 천박한 욕이 아니라 단지 모
국어 학습을 위한 발음 연습 같았다. 자음과 모음이 어우
러져 하나의 음절로 소리가 나는 소리음에 불과한 것처럼.
민이에겐 그저 아무런 의미도 없는 단어 하나에 다름 아닌
것처럼 말이다.

그런데 나는 문득 궁금해지는 것이다. 미세스 장이 진짜
로 그놈 목을 땄나?

우는 소리

뿌리가 말했습니다

나는 단칼에 베어졌습니다. 잘 벼려진 칼날이 음습한 냄새를 남기고 금세 사라져버렸는데 나는 뭐 이렇다 할 만한 비명 한 번 질러 보지 못한 채로 흙속에 남겨졌습니다.

눈이 따끔거려서 제대로 뜰 수조차 없었지만 나는 내가 볼 수 있다는 사실에 아주 잠깐 놀랐었습니다. 이런 바보 같으니라고. 그래요. 나는 나를 베어버린 칼날을 보며 감탄해버렸습니다. 햇빛을 뚫고 햇빛보다 더 휘황찬란한 모습으로 번쩍이던 그 금속성 칼날의 모습을 아직도 기억합니다. 하지만 칼날은 차갑고도 딱딱한 질감으로 내 몸 한가운데를 가로지르며 하얀 이를 드러내고 웃었습니다. 분명히 그 칼날은 웃고 있었습니다. 그들은 내가 붙잡고 있던 거대한 뿌리들을 통째로 뽑아가려 했고 나는 손아귀에 힘을 주며 절대로 놓아주질 않았거든요. 그랬더니 어이없다는 듯 웃으며 손쉽게도 저를 단칼에 베어버린 겁니다. 내가 본 최초의 빛은 단단하고 날카로운 질감으로 다가와 나의 모든 것을 빼앗아 갔습니다.

잎사귀가 말했습니다

기침을 할 때마다 등이 굽어. 잎맥을 타고 돌던 피가 서서히 멎고 있어. 곧게 뻗어 있던 손가락들은 작은 흙 알갱이 한 톨조차 잡을 수 없을 만큼 쪼그라들고 창백해졌어. 사방이 어둡고 서늘해. 춥고 무서워. 햇살을 마지막으로 본 게 언제쯤인지 모르겠어. 어두운 숲 그늘에 엎드려 누워 있어. 잇닿아 있던 잎사귀들이 하나둘씩 죽어 가. 신음 소리조차 조금씩 잦아들어. 어제 태어났던 어린 잎사귀들도, 어제까지 살아 있던 나도 여기서 함께 코를 박고 죽어 가.

그날. 땅 전체가 송두리째 솟아오르는가 싶었던 날. 회오리바람에 내 몸이 휘청거렸던 날. 나뭇가지에 앉아 놀던 산

새들도 소스라쳐 놀라 달아났었지, 아마. 태어나 한 번도 들어본 적 없는 단풍나무의 비명 소리가 숲 전체를 흔들었던 것 같아. 잎사귀들의 한숨 소리가 뜨거운 연기가 되어 자욱했었어. 우리는 그날, 순식간에 흩어졌어. 하늘로 훌쩍 날아오르는가 싶었는데, 순식간에 아래로 아래로 곤두박질쳐 내려왔지. 무슨 일이야, 응? 무슨 일이 있었던 거야? 우리는 서로에게 물었지만 아무도 대답하지 못했어. 우리는 서로를 쳐다볼 새도 없이 젖은 땅 위에 엎드려져 서로 포개어졌어. 나는 영문도 모른 채로 엎드려 있었는데 내 위로 잎사귀들이 툭, 하고 떨어져 내렸어. 비처럼, 우박처럼 쏟아져 내려왔어.

계속 그 순간만 생각나. 눈이 부시던 봄날. 우리는 분명 반짝였었지. 잎맥 사이로 빨간 피가 맹렬히 돌았었고, 나부꼈고, 바람이 건드려주면 하나둘씩 웃다가 파도치듯이 와아아하하하하…… 한꺼번에 그렇게 웃었었는데. 이젠 뒤척일 수조차 없어. 어둡고 습한 땅바닥이 끈적해서 잎사귀들은 자그맣게 파르르 떨다가도 금세 납작해지고 말아. 더이상 피가 돌지 않는 살은 갈라지고 부서져. 흙속으로 서서히 스며들어.

우린 흙속에 묻혀서도 서로를 알아볼 수 있을 거라고

생각하며 죽어 가. 향기로, 떨림으로 그래, 우린 그저 느낌만으로도 서로를 알아볼 수 있을 거라고 믿으면서 애써 웃어.

그런데 말이야. 우리가 나무를 놓친 걸까 나무가 우리를 놔버린 걸까. 나는 그게 내내 궁금해. 우리가 나무를 놓쳐버렸어, 라고 말할 때보다, 나무가 우리를 놓아버렸어, 라고 말할 때, 나는 더 목이 메어.

늙은 바람이 말했습니다

잎사귀가 온전히 살아 있었을 때를 나는 또렷하게 기억하네. 얇고 투명한 살갗 속을 들여다보면 분홍 피가 옹골송골 맺혀 있었고 이슬처럼 맑은 수증기가 잎맥을 따라 줄지어 다녔었지. 그런데 이게 뭔가? 투명하던 살갗 속에 바짝 마른 공기만 가득하네. 붉디붉던 핏기가 조금씩 사라지네. 진자주색 그림자만 무겁게 짙어졌네. 빨갛던 다섯 갈래의 잎사귀는 어느새 꼬부라지고 두서없이 찢기고 엉키고 더럽혀져서는 조금씩 스며드네. 캄캄한 흙속으로 잘게 부서진 살점들이 하나둘씩 사라지네.

먼 데 사는 사람들이 며칠 전부터 어수선하게 오고 갔었네. 사람들은 단풍나무한테 몰려들어 둘레를 재고 가지를 만져보고 잎사귀 몇 개를 훑어보더니 며칠 전엔 거대한 중장비들과 트럭을 몰고 와선 단풍나무를 아예 통째로 뽑아갔다네. 수 천 년 동안 뿌리내렸던 나무가 쉬이 뽑힐 리 있나. 아무리 용을 써도 뽑히질 않으니, 깊이를 알 수 없는 여러 갈래의 뿌리들을 가지치기하듯 끊어 내버렸지.

그 나무는 보통 나무가 아니었네. 우리 동네에서 천 년 동안이나 죽지 않고 살아남은 나무였으니까 말이야. 천 년 동안 얼마나 많은 일을 겪었겠는가. 땅이 갈라지기도 하고 솟구쳐 오르기도 했다는구만. 그런 일을 겪을 때마다 다른 나무들은 여지없이 꺾이거나 뽑혀나갔고, 사람들은 수도 없이 죽어나갔었지. 하지만 그 단풍나무만큼은 달랐지. 나뭇가지 하나, 잎사귀 하나 잃어버리지 않았고 언제나 변함없이 있는 그대로의 모습으로 한 곳에 우뚝 서 있었던 거네.

동네사람들은 어떤 일이 생기면 단풍나무 앞에 와서 이야기를 하고 갔네. 아기가 태어나면 춤을 추기도 했고 노인이 죽으면 이 나무 앞에 와서 울기도 했지. 단풍나무는 아무런 말도 하지 않고 그저 묵묵히 한 자리에 서 있었지만 사람들은 저마다 단풍나무에게서 축하를 받았다고도 하고 위로를 받았다고도 하면서 서로의 경험담을 나누곤 했네. 단풍나무가 사람들에게 직접 말을 건네는 법은 없었네. 하지만 그냥 느낌이라는 게 있었는데 그건 단풍나무 아래에서 조용히 있어 본 사람만 아는 특별한 것이라네.

나는 어디든지 갈 수 있네. 하지만 늙어버린 후로는 이곳 땅끝마을에서 좀처럼 떠나지를 않았네. 나는 이 마을이 좋았네. 무성한 원시림에 들어찬 나무들은 나를 무척 좋아했네. 내가 다른 동네에서 들어온 이야기를 전해주면 너무 재미있다고 깔깔대고 웃곤 했다네. 내가 간지러주면 저쪽에서 저도요, 저도요. 저도 간지러주세요, 하면서 시샘하기도 했네.

사실 단풍나무의 잎사귀들은 서로의 향기로 기분을 공유했네. 기억을 잎맥에 저장하고 눈과 귀와 코와 여러 가지 감각 기관들이 세포 하나하나에 들어 있었네. 그러니까 잎사귀들은 생각하고 느끼고 기억하고 살아가는 하나의 인격체였던 것이네. 그들이 한데 모여 몸을 흔드는 숲은 그러니까 누구나 보고 듣고 느끼고 냄새 맡고 간지럽고 따갑고 슬프고 아프고 행복하다는 느낌을 공유할 수 있는 인격 공동체였네. 그래서 작은 잎사귀부터 나뭇가지, 몸통과 이어진 땅속의 뿌리들, 아주 가느다란 자잘한 잔뿌리들까지 누군가가 아프면 다 같이 아프고 기쁘면 다 같이 행복해지는 느낌을 가질 수가 있었다네.

끌려가던 단풍나무가 소리치는 것을 들었다네. 울부짖고 있었네. 나는 단풍나무가 무어라고 말하는지 듣고 싶어 따라갔네. 하지만 단풍나무가 뱉어내는 비명은 트럭의 굉음 속에 금방 파묻혀버렸다네. 그리고 무엇보다 나는 질주하는 트럭을 따라잡기 힘들었네. 변명 같지만 나는 너무 오래 살았네. 요즘 젊은 애들처럼 빠르지 않네. 조금만 속력을 내도 숨이 차올라서 밭은기침을 하곤 한다네. 한 번 나온 기침은 좀처럼 멈추지를 않는다네. 물론 항상 그런 건 아니지만. 그래. 가끔 그렇긴 하지만 그때는 유난히 숨이 차서 힘들었네. 힘들어서 그랬다고 말하기가 미안하네. 미안하고 숨이 차서 나는 울컥, 눈물이 목에 걸려 있는 느낌이네.

요즘 숲을 돌아다니다 보면 들을 수 있네. 목 놓아 우는 소리, 체념한 듯 소리 죽여 흐느끼는 소리, 겁에 질려 바락바락 악을 쓰면서 우는 소리, 소리들. 나는 그 소리들을 그냥 지나칠 수가 없네. 끌려간 단풍나무한테로 가봐야겠네. 숨을 고르네. 목에 걸려 있던 울음이 툭 터져 나오네. 아,

나도 자꾸 눈물이 나네.

단풍나무가 말했습니다

어제는 머리 둘 달린 비둘기가 내 발등께에 와서 죽었다. 오늘은 새벽부터 검은 빗방울이 쏟아진다. 휘발유냄새가 진동하는 비다. 빗방울들은 모든 것 위에 들러붙는다. 점액질처럼 끈적하다. 광화문 앞 도로 위, 그 위를 달리는 자동차들, 줄지어 선 건물들, 세종문화회관의 계단 위, 가로수들, 증축 공사 중인 경복궁빌딩 위, 그보다 더 높이 치솟아 있는 골리앗 크레인 위, 심지어 내 머리와 어깨 입술, 살갗에까지 스며들고 들러붙는다.

몸의 기력이 쇠할수록 뇌의 기억은 더욱 또렷해진다. 빨간 피가 돌던 잎사귀들, 잎사귀를 간지러주던 바람들, 땅속 깊은 데까지 촉수를 더듬으며 먹을거리를 가져오던 뿌리들 하나하나. 내가 살던 곳. 바닷바람 냄새를 맡으며 잎사귀와 뿌리들과 함께 살던 곳. 그곳에서의 살았던 하루가 손에 눈앞에 선명하다.

그곳에서의 나는 내가 품은 모든 것에서 맥박 소리를 들었다. 맥박 소리를 들으면 기분이 상쾌했다. 내가 날마다 커지는 기분이었다. 숲에서 나는 실제로 가장 키가 컸고 반짝거렸고 가장 잘 웃었다. 뿌리들이 내 살을 뚫고 태어나던 날. 바로 그런 날엔 사방이 맥박소리로 요란했다. 그 소리가 어찌나 크고 경쾌하고 신비로웠는지 나는 누구에게든 자랑하고 싶어 입이 근질거렸다. 지나가던 바람도 숨을 잠깐 멈추고 맥박소리에 귀를 기울였었다.

맥박소리는 나를 비롯한 나와 연결되어 있는 모든 것, 그러니까 나와 연결되어 뻗어 나간 뿌리들 땅 위로 솟아난 굵은 몸통으로부터 돋아난 바로 옆의 잎사귀들, 그와 바짝 붙어 있던 또 다른 잎사귀들 모두에게서 나는 것이었다. 맥박소리를 들으면 나는 비로소 살아 있다는 것을 느꼈다.

잎사귀들이 아직 아기였을 때 내 품에 안겨 안간힘을 쓰면서 기지개를 켰을 때 그때 잎사귀들이 풍겨내던 진분홍의 향기가 오래도록 코끝에, 손끝에, 혀끝에서 맴돈다. 아기들이 아직도 내 손을 꼭 잡고 있는 것만 같다. 나는 가끔씩 있는 힘을 다해 손끝에다 힘을 준다. 잎사귀들을 놓쳤던 그 순간, 나를 쳐다보던 잎사귀들의 눈동자를 잊을 수 없다. 내 눈동자가 잠시 흔들렸을 때 잎사귀들은 나를 잠깐 믿지 못하는 것 같았다. 그래 그땐 나조차도 나를 믿을 수가 없었다. 떨리던 손끝에서 갑자기 기운이 쑥 빠져버렸는데 그때 아이들이 순식간에 사라져버렸다.

순식간에 솟구쳐 올라가 사라지던 잎사귀들을 생각한다. 내 손끝에서 떨어져 나가 허공을 날던 아이들이 두 갈래로 갈라져 흩어지던 그 찰나가 계속해서 떠오른다. 지금쯤 아이들이 어디에 있는지 모르겠다. 반쪽짜리 몸뚱이로 처박혀 있을지도 모를 아이들을 떠올리면 나 또한 어둡고 축축한 어느 풀숲에 가라앉아 있는 기분이 된다. 숨 막히게 외로운 시간을 각자의 공간에서 견뎌내고 있는 것이다. 잎사귀들을 흔들어주며 함께 놀던 그 시간들로 다시 되돌아갈 수만 있다면. 그럴 수만 있다면.

이제 난 웃지 못한다. 지켜내지 못한 잎사귀들이 떠올라서, 잘려나간 뿌리들에게 미안해서 그저 그들의 이름 하나하나를 다 부를 수가 없어서. 상처 난 자리에 더이상 새 살이 돋아나지 않는다. 살 부비던 잎사귀와 뿌리들이 그립다. 보고 싶은데 볼 수 없는 마음은 잘려나간 자리보다 더 아프다.

나는 여기 있는데, 아이들은 어디로 간 것일까? 내 몸의 일부였던 아이들은. 어떤 흔적조차 없이 어디로 사라져버린 것일까? 그저 끝까지 살아남는 것이 내 일생의 목표였다. 하지만 이제는 끝까지 살아남은 내가 몸서리치게 싫다. 같이 죽는 것이 더 나았다. 같이 살지 못하는 삶은 같이 죽은 삶보다 더 끔찍하고 외롭다.

뿌리가 말했습니다

그날 이후부터였습니다. 사방에서 들리던 맥박소리가 하나둘씩 잦아들며 사라져 갔습니다. 내가 베어지기 전까지만 해도 나는 매일 잎사귀들의 맥박소리를 들어야 마음이 놓였습니다. 누군가가 곁에 살아 있다는 증거였으니 말입니다. 아무것도 보이지 않는 축축하고 어두운 세상에서 그 맥박 소리는 어쩐지 밝은 햇빛 같다는 느낌을 주었습니다.

맥박소리는 강약중강약 같은 나름의 리듬도 갖고 있었습니다. 힘차게 숨을 토해내는 듯하다가 어느새 아우성치며 휘몰아치는 것처럼 소리를 내기도 했습니다. 때로 웃음 소리, 한숨 소리 같은 간헐적인 소리들과도 화음을 이루었습니다.

이제는 그런 소리가 들리지 않습니다. 세상에 오직 나

혼자 있는 것 같은 느낌이라는 게 사실 외롭다, 라기보다는 무섭다, 라는 생각이 먼저인 것 같습니다. 시끄러운 소음 속에 있다가 갑자기 소리가 끊어지고 사방이 적막해져버린 한가운데의 기분을 아시는지요? 내가 도대체 어디에 있는지 어느 곳에 살고 있는지조차 알 수가 없었습니다. 나도 소리들과 함께 사라져버린 것은 아닐까 하는 생각에 등골이 오싹해졌습니다. 나중에 알고 보니 나는 흩어진 흙가루와 미생물들이 거미줄처럼 얽혀진 틈바구니에서 겨우 살아남아 있었습니다. 그런데요, 겨우 살아남았지만 살아남았다는 사실이 하나도 기쁘지 않았습니다. 몸통을 잃고서 나 혼자만 흙속에 살아남은들 무슨 소용이 있겠습니까? 흙속의 수분을 잔뜩 빨아들인들 대체 어느 곳에다 그걸 날라다주어야 할까요? 살아 숨을 쉰다고 한들 몸통에서 뚝 끊어져버린 내가 얼마나 더 살 수가 있겠습니까? 나는 메마른 채로 쪼그라져서 흔적도 없이 사라지는 건 아닐까 하고 생각하였습니다. 혼자서 울면서 헤매다녔습니다. 촉수 잃은 짐승처럼 방향 없이 비틀대면서 땅속을 훑으며 뻗어 나갔습니다.

그러다가 말입니다. 나는 또 다른 흙속에 살아서 꿈틀대며 돌아다니던 또 다른 뿌리를 만났습니다. 베어진 뿌리는 나뿐만이 아니었습니다. 그들은 서로의 상처 난 자리를 알아보았습니다. 보이지는 않았지만 용케도 그 자리를 찾아내었습니다. 우리들은 서로를 어루만지며 한참 동안 부둥켜안고 울었습니다. 더이상 울 힘도 없이 지쳐 있을 때였던 것 같습니다. 앙금처럼 굳어 있던 분노의 기운이 가슴 밑바닥으로부터 치솟아 올라왔습니다. 그리고는 우리들 몸에 하나둘씩 열꽃을 피우고는 이내 땅속을 가득 메웠습니다.

우리들이 울부짖는 소리는 미세한 흙 알갱이들을 뚫고 땅속 깊은 데로 퍼져 나갔습니다. 소리를 듣고 우리에게로 달려온 또 다른 뿌리들이 서로의 곪은 상처 위로 포개고 또 포개어졌습니다. 그리고는 잠시도 망설임 없이 다른 뿌리들과 엉겨 붙었고 함께 이어져 그물처럼 얽혔고 더 단단해졌고 빨라졌고 거대해졌습니다.

단풍나무가 말했습니다

오늘도 방독면을 쓴 사람들이 나를 향해 엎드려 있다. 검은 비로 흠뻑 젖은 그들은 땅바닥에 이마를 댄다. 나는 그들의 기도 소리를 듣는다. 아니, 들어보려고 애쓰며 귀 기울이는 중이다.

그들의 기도 소리는 마술사들의 주문과도 비슷하다. 동굴 같은 입안에서 똬리를 트는 듯한 둔탁한 울림일 뿐, 도무지 무슨 말인지 알 수가 없다. 가끔씩 흐느끼고 울부짖다가 손바닥으로 땅을 때리며 통곡한다. 나는 그들을 위해 아무것도 해줄 수 없는데, 저들은 대체 어쩌자고 저렇게 나를 향해 울부짖는가.

그러나 저 엎드린 사람들을 믿으면 안 된다. 언제 또 돌변할지 모른다. 몇몇 사람들이 나를 손에 넣으려고 서로 할퀴고 뜯고 싸우다가 내 가지를 잡아당기며 소란을 피운 적이 있다. 나를 혼자서 독차지하겠다는 싸움이었다. 나는 그때 오른쪽 여든네 번째 팔과 왼쪽 쉰아홉 번째 팔이 공격을 당했다. 다행히 다시 뽑혀가진 않았지만 그날 이후 그쪽 팔이 자꾸만 아래로 아래로 기울어져 내려간다. 의경들은 내 기울어진 팔에다 못을 박았다. 더이상 처져 내려가지 못하도록 쇠파이프 기둥까지 세워뒀다.

사람들의 돌발행동을 막기 위해 중무장한 의경들이 빈틈없이 빼곡하게 나를 둘러싸고 있다. 백 명도 족히 넘는다. 나는 내내 그들의 뒷모습만 본다. 처음에는 꼿꼿하고 굳건하던 자세들이 조금씩 흐트러지고 어수선해진다. 방독 마스크로 얼굴을 가리고 있어서 표정까지 일일이 알 수는 없다. 서로의 눈치를 보던 긴장감도 느슨해 졌을 것이다. 그리고 무엇보다 두려울 것이다. 언제까지 이러고 있어야 하는 건지, 해산 명령이 언제쯤 떨어질지 알 수 없기 때문이다. 그들은 또 누군가의 명령을 받았을 것이다. 명령을 받은 자는 또 누군가의 명령으로, 또 누군가의 명령을 받은 자는 또 누군가의 명령으로……. 그렇다면 나는 누구의 명령으로 여기까지 끌려와 있는 것일까?

검은 비가 말했습니다

명령한 자는 당신을 이용해서 사람들에게 공포심을 주려는 거야. 죽을까 봐 늘 불안한 사람들은 당신을 더욱더 원하고 찾게 되지. 사람들이 그렇게 생명에 더욱 집착할수록 사람들은 어리석고 더없이 멍청해지게 되는 거야. 더 공포스럽게 더 안달 나게 하는 거야. 곧바로 전부 다 죽어 버릴 것처럼

그렇게 겁을 주고 당신에게 더욱더 기대게 하는 것. 그

것이 그들이 바라는 것이야. 사람들이 멍청해져야 조종하기 쉬우니까.

당신 앞을 봐. 광화문 앞 이 텅 빈 자리에 원래 뭐가 있었는지 알고나 있어? 옛날 아주 오랜 옛날, 어느 용맹한 장군과 어느 지혜로운 왕의 동상이 거기에 서 있었지. 그런데 말이야. 그 동상들은 성난 군중들에 의해 목이 잘리고 끌어내려져 처참하게 파괴됐지. 사람들은 점점 죽은 것을 혐오하게 되었어. 죽은 자는 눈앞에서 사라져야 할 존재임과 동시에 살아남은 것들만이 사람들의 숭상을 받게 된 거지. 죽은 조상들을 모시는 제사나 유교적 풍습 같은 것들은 사라진 지 이미 오래고. 제아무리 유명했던 영웅이라도 이미 죽은 자는 더이상 영웅 취급을 하지 않는 세상이 된 거야.

당신이 이제 그들을 대신 해야 해. 당신도 그들처럼 언젠가 목이 잘리고 끌어내려져질 수도 있겠지만. 일단 당신은 아직까지 살아남은 생명체의 상징적 존재니까 살아 있는 한, 살아남는 한, 죽은 자를 대체한 숭상물이 되어야 할 수밖에 없어. 하지만 당신이 행여 병이라도 들게 되면 어떻게 될 것 같아? 끔찍하지 않아? 죽은 자들이 죽은 자리에 살아 있는 자로서 살아 있는 게. 그리고 또 언제 어떤 이유로 그들에게 죽임을 당할 거라는 사실이 말이야.

단풍나무가 말했습니다

나는 이미 그들에게 죽임당한 것이나 마찬가지다. 요즘의 나는 자주 졸리고 자고 싶어진다. 꿈속인 듯싶다가도 잠에서 깨어나면 사람들은 여전히 내 앞에 엎드려 있다. 그들의 기도 소리도 이제 잘 들리지 않는다. 그러다 가끔씩 어떤 소리들에 놀라 잠을 깨곤 하는데 깨고 나면 그 소리들은 순식간에 사라진다. 막 잠에서 깨어났을 때 꿈과 현실의 모호한 경계에서 오버랩 되는 순간, 어디선가 우는 소리가 들리는 것 같아 고개를 돌려 본다. 사람들의 울음소리와는 전혀 다른 소리. 저 먼 어디에선가 어수선하고 소란스러운 움직임이 느껴진다. 나지막하게 흐느끼다가 터지려는 울음을 억지로 참고 있는 것 같은 떨림이 있다. 울어 본 적이 없는 나는 어떻게 우는지조차 모르겠다. 이게 우는 것인지조차 모르고 울고 있는 것인지도 모른다.

검은 비가 말했습니다

사람들은 계속해서 죽어나갔지. 땅이 갈라져 죽고 건물

더미에 깔려 죽고 쓰나미에 휩쓸려 죽는가 하면 레미콘 차에, 불에 탄 버스에 갇혀, 독극물에, 총에, 변종된 바이러스에 갑자기들 죽어갔지. 사람들이 자꾸만 죽어갈수록 사람들은 더욱더 죽고 싶지 않았을 거야. 저런 꼴로 죽고 싶진 않아, 저 고통을 어떻게 감당할 수 있겠어? 이런 생각을 했겠지.

그래서였을 테지. 사람들은 죽은 사람들과 엮이는 걸 싫어했어. 죽는다는 건, 실패했단 거거든. 저주받은 자들이나 죽는 거거든. 살아남을 수 있다면 무엇이든 할 수 있다고 생각했거든.

곳곳에 죽은 자들을 증오하는 단체들이 생겨났어. 그들은 앞다투어 이미 죽은 자들의 묘지를 파내고 시체들을 다시 죽이는 짓을 하기도 했지. 죽음을 증오한다는 그들의 퍼포먼스는 오히려 죽음에 대한 공포만 더욱 키울 뿐. 사람들은 그럴수록 더 오래 살고 싶어했고 또 그럴수록 더 두려워했어. 죽을 수도 있다는 사실이 말이야. 사람들이 오랫동안 살아남고 싶어 할수록 서로 싸우고 죽이는 일이 더 많이 생겨났지. 살고 싶어 죽이는 일. 그게 너무 자연스러운 일상이 되어버렸어. 나는 그 모든 살육의 현장을 보았지. 여기 광화문 광장에서. 끌려가고 죽이고 살아남기 위해 발버둥치던 장면들. 나는 사실 그 죽음들 때문에 생겨났어. 나는 그 죽음들로 인해 강해져.

나는 결국 당신도 죽일 수 있어. 내 생명이 꺼져갈 때 즈음 당신의 목을 조르고 기운을 모두 가져갈지도 몰라. 내가 살아야 하니까. 나는 더 강해져야 하니까. 당신은 너무 탐스럽단 말이야. 죽음의 빛깔로 가득한 도시에서 당신은 여전히 붉고 싱싱해. 당신이 병들어 죽기 전에 내가 먼저 당신의 생명을 훔치고 싶어.

단풍나무가 말했습니다

붉던 내 살들이 어두워진다. 말갛던 내 선홍빛 피도 이제는 탁하고 끈적해진 듯 내 혈관을 느리게 돈다. 그럴수록 검은 비는 내 안을 파고든다. 세찬 기운으로 땀구멍과 숨구멍 구멍이란 구멍, 생명이 드나드는 구멍이라면 어떤 것이든 그는 용케도 찾아낸다. 나는 검은 비에 덮인다. 검은 비는 서서히 내 숨을 가져간다. 눈앞이 흐려진다. 눈이 시리다.

어디선가 바람이 분다. 가느다란 바람이다. 바람의 발결

음이 느껴진다. 그 발걸음이 가깝게 느껴질수록 내 눈은 점점 선명하게 밝아진다. 숨구멍을 막고 있던 검은 비가 하나둘씩 사라진다. 가느다란 바람은 내 몸에 들러붙은 검은 비의 흔적들을 하나둘씩 걷어 낸다.

열 걸음쯤 앞쪽에서 누군가 걸어온다. 힘이 다한 모습으로 그러나 위풍당당한 기세로 저벅저벅 걸어서 온다. 그는 있는 힘을 다해 검은 비를 몰아낸다. 내가 살던 곳에서 만났던 낯익은 바람이다. 바람에게서 노인이 드러누운 아랫목에서나 날법한 퀴퀴한 냄새가 난다. 늙고 병들어 힘이 빠진 모습이다. 그는 숨을 헐떡이면서 밭은기침을 한다.

바람의 땀구멍과 주름, 솜털과 흉터와 작은 점들이 하나하나 보인다. 살결이 움푹 파이고 거칠다. 눈 밑 그늘이 짙고 자잘한 주름들이 군데군데 뻗어 있다. 숭숭 뚫린 모공 사이로 자라난 털들은 미간과 눈썹 부분에 유난히 몰려 있다. 그것은 생기를 잃고 말라 죽어가는 것처럼 보인다. 아무렇게나 흐트러진 바람의 머리카락 사이로 얼굴이 반쯤 드러나 있다. 두툼한 눈두덩이와 눈꼬리 아랫부분에 작은 점 같은 것이 보인다. 눈물 모양 같다.

바람이 코를 훌쩍인다. 바람은 손끝으로 옷소매를 그러

모아 얼굴 전체를 스윽 닦는다. 그리고 긴 한숨을 내쉰다. 온몸의 기운을 가슴 밑바닥까지 내려놨다가 한꺼번에 끌어올려 내쉬는 것 같은 깊고 큰 한숨이다.

늙은 바람이 말했습니다

자네는 여기서 죽을 목숨이 아니네. 어째서 여기 이러고 붙박여 서서 죽을 생각만 하고 있는가. 자네 잃은 잎사귀들이 불쌍하지도 않은가. 자네만 붙들고 살던 뿌리들이 아무 데서나 말라서 죽어가도 아무 상관 없단 말인가. 자네는 결코 여기서 죽어선 안 되네. 그 어린아이들은 살아야 하지 않겠는가. 그 어린 것들을 찾아야 하지 않겠는가. 자네는 그 애들을 한 시라도 잊은 적이 있단 말인가. 자네는 여기 있으면 안 되는 거 아니겠는가.

자네가 살던 곳은 이런 딱딱한 시멘트 바닥도 아니고 머리 둘 달린 비둘기 죽은 것들이 널브러져 있는 곳도 아니지 않았는가. 보드라운 흙속에다 뿌리를 길게 뻗고 늘 기분 좋게 웃었잖은가. 목청 높은 산새들이 누구라도 가지 위로 내려앉아 놀다 가던 자네가 아니었나. 자네한테 엎드려 우는 이 사람들은 또 무엇인가. 자네를 찾던 사람들은 이렇게 막무가내인 자들이 아니었네. 자네에게 조용히 다가와선 귀 기울여 이야기하고 엷은 미소를 띠면서 돌아가지 않았는가. 저들은 대체 왜 어쩌자고 자네에게 달려들어 저렇게들 엎드려선 울고불고 난리단가.

자네는 들리는가. 아래로부터 우는 소리들이. 저 엎드린 자들의 울음소리와 검은 비 따위의 속삭임은 걷어 내고 아래로 땅속으로 귀 기울여 들어 보시게. 여기 나 혼자 온 것이 아니네. 자네는 나의 모습만 그저 보이겠지만 귀를 열고 들어 보게. 눈을 크게 치뜨고 멀리 보게. 온몸의 감각들을 되살려 보게. 자네가 살던 곳에서 자유롭게 드나들던 느낌들을 한꺼번에 모아 보게.

나무들도 아래로부터의 소리를 듣고 머리를 풀어헤치고 서로의 몸을 부비고 있네. 모두들 다시 기운을 찾고 있네. 방향 없이 흐트러지는 흙먼지와 함께 뽑혀 나갈 듯이 휘어져 달려오는 뿌리들이 보이는가. 휘파람 소리가 점점 더 거세게 달려오는 것이 느껴지는가. 덜컹거리는 창문 소리가 들리는가. 누구라도 먼저 떨어져 나갈 듯이 이를 맞부딪치는 창틀들이 보이는가. 엇박자로 그러나 빠르게 또는 느리게 강약중강약의 세기로 자네를 향해 달음박질쳐 오는 소리들이 들리는가.

뿌리가 말했습니다

나는 이제 하나도 연약하지 않습니다. 다른 뿌리들과 함께 돌진하고 있으니까요. 단풍나무의 맥박소리를 향해 우리는 갑니다. 가면서 또 하나씩 둘씩 우리와 함께 얽혀 붙습니다. 뿌리들로 얽혀진 그물이 땅 밑을 훑습니다. 서로가 서로를 얽어매고 붙잡습니다. 우리는 땅 밑에서 서로를 알아봅니다. 소리에 이끌려 끌어당기는 느낌으로 나아갑니다. 아래로부터 기괴한 비명 소리 같은 것이 들려옵니다. 그 소리는 점점 더 커지면서 전기드릴 같은 기계음의 소리를 냅니다. 땅속 깊은 곳에 억눌려 있던 거센 기운이 솟구쳐 오르려 하는 것 같습니다. 어수선한 떨림이 아직 이곳에 가득하지만 어쩐지 내 느낌에는 그가 제법 가까이에 있는 것 같습니다.

아, 오랜만에 맥박이 세차게 뜁니다. 가속도가 붙습니다. 우리는 돌진하고 있습니다. 나도 함께 갑니다. 소리가 들립니다. 아주 가까이에 있습니다. 문득, 나는 웁니다.

단풍나무가 말했습니다

나의 아이들이 오고 있다. 점점 더 크고 세차게 그들이 오고 있다.

검은 땅이 갈라진다. 골리앗 크레인이 부러진 이쑤시개처럼 뒤로 꺾여 도로 위로 나동그라진다. 광화문의 모든 것들이 무너지고 깨지고 불타오른다. 검은 땅을 뚫고 아이들이 솟구쳐 올라온다. 나는 있는 힘껏 아이들을 움켜쥔다. 심장이 뛴다. 더욱더 강렬하게 맥박이 뛴다. 피가 돈다. 아주 싱싱하고 뜨거운 피다. 나는, 다시는, 너희를 절대 놓지 않겠다.

광화문 광장에 우는 소리가 가득합니다.

매일 죽고 싶다던
복만 씨에게

당신은 내가 통 웃질 않는다면서 참 이상한 여자야, 라고 했죠. 당신은 몰랐겠지만, 나는 사실 잘 웃어요. 한번 웃음이 터지면 멈추기도 힘들 만큼 말이에요. 식당 주방에서 잘 벼려진 칼로 닭 모가지를 내리칠 때 특히 잘 웃었는데 웃음소릴 크게 내면 손님들이 홀에서 듣고 이상한 여자야, 라고 할까 봐 억지로 소릴 삼킨 적도 있어요. 닭대가리에서 부리와 눈알을 제거해야 할 땐 눈알이 생각보다 깊이 박혀 있어서 힘들지만 가장 즐겁기도 한 순간이에요. 젓가락이나 송곳으로 힘겹게 눌러 눈알을 분리해내면 누군가가 정수리 위에 얼음을 들이 부어주는 것 마냥 상쾌해지거든요. 모가지 없는 닭의 몸통을 수술대 위에 올리듯 얌전히 올려놓고 먹기 좋은 크기로 분리하기 시작하죠. 가슴살과 허벅지살로 분리하고 나면 갈비뼈 안에서 심장과 콩팥 같은 장기들이 쏟아져 나오는데 나는 그걸 한참 동안 주물 럭거려요. 축축하고 미끌거리는 감촉이 정말 좋아요. 장기 들을 만지다가 은색 냉동실 문에 비친 내 얼굴을 본 적이 있는데요 눈, 코, 입이 전부 행복해 죽을 것처럼 웃고 있더 라구요.

오늘은 손님이 별로 안 들어서 웃을 일도 별로 없었지만 요, 손님이 있으나 없으나 식당 마감은 쳐야 하는 거니까 밤 11시가 넘어서야 식은 밥을 먹었어요. 내과 의사가 처 방해준 약을 한 움큼 삼키려다 식후 30분에 먹으라던 말 이 생각나 억지로 밥을 욱여넣었어요. 식은 밥 위에 파리 한 놈이 앉더라구요. 내가 저리 가라고 손사래를 쳤는데 파리는 몇 번 퍼덕이더니 식탁 위로 툭, 떨어졌어요. 밥 먹 기 전에 잔뜩 뿌려둔 살충제 덕분인가 봐요. 파리가 덜 죽 은 몸을 떨며 꼼지락거리길래 파리채를 가져다가 찰싹, 때 려줬어요. 곧바로 죽더군요. 찢겨나간 몸통과 날개는 탄 냄비에 붙은 검은 조각들처럼 이리저리 흩어졌는데 터진 배 속에 있던 우유 빛깔 길쭉한 뭔가가 쏟아져 나왔어요. 아마도 구더기가 되려던 알이었나 봐요. 하마터면 수백 마 리 구더기가 태어날 뻔했네요.

파리는 대체 왜 태어났을까요. 아무런 쓸모도 없는 몸

을 갖고 세상에 오기 위해 암놈 수놈이 교미를 하고 알을 까고 구더기로 살다가 날개를 얻고 큰놈이 되었지만 고작 하는 짓이 뭔가요. 똥오줌이나 음식 찌꺼기 따위 먹으려고 그 모진 시간을 견딘 걸까요. 세상엔 이해할 수 없는 존재들이 너무 많아요. 나는 밥을 다 먹고 나서 약을 삼킨 다음, 쓸모없이 태어난 파리들을 일곱 마리나 더 죽였어요.

당신이라면 기겁을 했을 테죠. 나에게 파리채를 던져준 채 도망갔을 거예요. 하지만 나는 파리 따위 겁도 없이 죽일 수 있죠. 열 마리든 백 마리든 눈 하나 깜짝하지 않고 죽일 수 있어요. 당신이 못하니까. 당신 대신에. 당신이 하기 싫어하는 건 다 내 몫이었으니까요. 나는 무엇이든 해야 했죠. 아무것도 못 하는 당신 때문에요.

당신은 매일 죽고 싶다고 했죠. 하지만 도무지 당신은 죽으려는 노력도, 시도조차도 하지 않았어요. 어쩌다 모서리에 찔려 피 한 방울 났을 때도 곧 죽을 사람처럼 엄살을 피웠잖아요. 당신은 매일 죽고 싶다고 입버릇처럼 말했지만 정작 죽음 가까이로는 한 발짝도 나아가지 못했어요. 파리 새끼 한 마리 죽이지 못하는 당신이 어떻게 당신 스스로를 죽일 수가 있겠어요. 방구석에서 술 먹고 담배 피우는 것밖에 모르는 철부지 당신이. 나이 칠십이 다 되도록 가게에서 물건을 사고, 버스를 타고 지하철을 타는 평범한 일상조차 어려워하고 나를 놓칠세라 꽁무니만 졸졸 졸 따라다녔던 당신이요.

다이어트하고 싶다면서 야식을 시켜먹고 운동도 안 하는 살찐 사람들과 대체 뭐가 다를까요. 판검사가 되려면 법전을 쉼 없이 외워야 하고 마라톤에서 금메달을 따고 싶으면 매일 달리고 훈련해야 하는 것처럼, 정말 죽고 싶다면 적어도 죽음 앞으로 한 발짝 다가서기 위해 뭐라도 해야 하는 것 아닌가요? 고작 술이요? 술 한두 병 매일 먹는다고 사람이 그리 쉽게 죽던가요. 담배요? 담배 평생 피운 백발노인도 거뜬히 장수하며 살더군요.

당신은 생각보다 오래 살았어요. 그 흔한 병원 진료 한 번 받지 않고 큰 병치레 한 번 하지 않은 채 살다가 잠자듯 조용히 죽었으니 사람들이 그렇게도 부러워하는 호상이 아니고 뭐겠어요. 당신이 죽기까지 수백 번의 기침을 하고 수천 번 몸을 비틀었겠지만, 가래가 당신의 기도를 막아 당신의 숨을 멎게 하고 심장을 멍들게 만들어버렸겠지만. 그래도 당신은 항암치료를 받다 죽은 암 환자나 화상 치료를 받다 죽은 사람들에 비하면 정말로 호상이죠.

하루가 멀다 하고 죽을 거야, 죽어버릴 거야, 라고 허공에 소리치던 당신은, 술과 담배, 날 것의 안주만 매일 삼켰던 당신은, 일반적으로 몸에 좋은 것이라고 알려진 인삼이나 홍삼 따위도 먹기 싫다던 당신은, 내가 저딴 거 사 먹나 봐라. 거지 같은 것들, 니들이나 천년만년 살어, 라며 텔레비전 속 정치인들에게 욕지거를 쏟아내던 당신은, 한국인 남성 평균 기대 수명에 못 미친 70을 갓 넘긴 봄날 아침, 매일 누워 있던 아랫목에 누운 채로, 누구 하나 죽이지도, 스스로를 죽이지도 못한 채로 생을 마감했지요. 턱밑까지 지퍼를 채워 올린 누런색 추리닝 차림으로 말이에요.

당신은 꼭 곤달걀 속 병아리 같더군요. 겉껍데기 한 번 깨지 못한 채 껍데기 안에 틀어박혀 웅크린 채 살다가 웅크린 채 죽은 곤달걀 속 병아리 말이에요. 사실 곤달걀 속에서 웅크리고 죽은 생명체를 병아리라고 해야 할지 달걀 노른자라고 해야 할지 아니면 닭고기라고 해야 할지 나도 잘 모르겠어요. 나는 지금도 곤달걀을 처음 보았을 때의 그 낯설고도 당혹스럽던 형체를 잊을 수가 없어요. 닭장수가 귀한 거라며 주고 간 그것을 배고픈 참에 깨뜨리자 달걀 껍데기 안에는 노른자 대신 죽은 병아리가 들어 있었죠. 눈물을 잔뜩 머금은 듯한 당신의 눈망울 때문이었을까요. 당신은 나를 보고 있었어요. 뾰족한 부리와 기다란 모가지, 날개깃과 발가락까지 제법 성체의 모양새를 모두 갖춘 몸뚱이는 잔뜩 경직된 채 메말라 있었지만 눈알만은 산 채로 나에게 말을 거는 듯한 느낌이었죠. 막 병아리로 태어나기 직전 껍데기만 부수고 나오면 되는 그 찰나에 끓는 물에 통째로 삶겨져버린, 그래서 이후의 시간조차 멈춰버린 당신의 세상. 당신의 껍데기 속 세상은 어땠나요.

나는 당신이 스스로 그 껍데기를 깨고 나오길 바랐었던 적도 있었죠. 그냥 놔두면 베란다 화분의 식물들처럼 자라기도 하겠지. 당신도 그냥 가만히 놔두면 어느 순간 스스로 껍데기를 깨고 병아리로, 수탉으로 자라기도 하는 거겠지. 그렇게 순진한 생각을 했던 것도 같아요. 하지만 당신을 감싸고 있던 껍데기가 너무 단단했던 걸까요. 당신 스스로 그 껍데기 속이 마냥 편안해진 걸까요. 당신이 매일 입버릇처럼 말했듯이 정말로 그렇게 매일매일 조금씩 죽고 싶었던 걸까요. 당신의 진짜 속마음이 늘 궁금했지만 난 한 번도 물어보지 않았죠. 아마도 내 마음을 들킬까 봐 피했는지도 몰라요, 당신이 어서 빨리 죽었으면 하는 내 마음을 들킬까 봐.

당신은 한 달 전부터 말라가기 시작했는데 사실 나는 당신이 곧 죽으리란 걸 알았어요. 스티브 잡스라던가 미국의 어느 유명한 사업가가 죽기 전 모습이랑 많이 닮아 있었거든요. 풍채 좋던 그가 한 달 남짓 갑자기 말라가더니 금방 죽더라구요. 죽을 날이 머지않아 보였던 당신은 그러나 매일 아침 먹고 싶은 음식을 줄줄 늘어놓더군요. 퇴근할 때 꼭 사오라고, 술안주 삼아 먹을 만한 것들을 읊었죠. 홀서빙이라도 돕겠다며 가게를 드나들 때조차도 나는 그런 종류의 안주를 따로 준비해둬야 했어요. 가게 냉장고와 냉동실엔 온통 닭고기뿐이라서 당신이 찾는 그런 안주들은 따로 사러 가지 않으면 안 되었죠. 그냥 닭도리탕이나 백숙을 먹으면 얼마나 좋아. 하지만 당신은 닭요리는 입에도 안댔어요. 산낙지, 생굴, 소고기육회, 생간 등등 주로 익히지 않은 날것들을 먹고 싶댔죠. 나는 오직 당신 한 명만을 위한 음식들을 따로 사야 했어요.

난 그런 당신이 싫었어요. 그래서 더 바쁘게 살았는지도 몰라요. 당신이 다니던 직장에서 한 달을 버티지 못하고 나와서 드러누워 있을 때 나는 우리 진규를 남들처럼 학원에도 보내고 수련회도 보내고 대학에도 보냈으니까요. 다른 집 가장들이 하는 모든 일을 내가 다 맡아 했고 그럼에도 불구하고 퇴근해서는 당신 술상에, 야식까지 차려줘야 했으니까. 당신은 내가 직접 손질한 안주들을 좋아했죠. 장사치들은 못 믿는다면서 눈코입이 다 붙은 날 것들을 사다가 내가 직접 손질해주길 원했어요. 나는 부엌칼로 그것들을 손질하다, 그 칼로 당신을 죽이는 상상을 하곤 했어요.

당신은 툭하면 이것도 싫다, 저것도 싫다, 이놈도 싫고 저놈도 싫다, 죄다 싫다, 싫다고 했어요. 매일 아침 한문이 가득한 신문을 읽으며 정치인을 비난했고 태백산맥이나 임꺽정, 장길산 같은 대하역사소설 시리즈들을 읽고 역사적인 사실들에 대해 말하면서 나쁜 놈들 이야기를 수도 없이 늘어놨죠. 세상엔 정말 나쁜 놈들뿐인 것 같았어요. 텔레비전을 볼 때도 드라마나 가요무대 같은 건 저질스럽다고 비난하면서 동물의 왕국 같은 다큐멘터리를 틀어놨어요. 가끔 동물의 왕국의 맹수들보다 더 맹렬하게 다투는 정치인들의 뉴스도 보았고요. 당신은 그런 텔레비전 속 정치인들의 이름을 모두 다 아는 것 같았어요. 저놈이 누구랑 친한지 또 누구를 발가락 때보다 못한 놈 취급하는지 등등. 나는 국민학교 밖에 안 나왔는데, 당신은 고등학교까지 나온 사람이라 그런지 아는 게 정말 많았어요. 나는 당신이 하는 대부분의 말을 알아듣지 못했지만 한편으론 그런 대단한 말을 할 줄 아는 당신이 멋져 보였죠.

그래요. 처음부터 당신이 미웠던 건 아니에요. 내가 꽃처럼 예뻤던 스무 살 시절에는요, '숙련된 주방 아줌마 급히 구함'이라는 종이가 붙여진 '복만이네 닭집'으로 들어갔던 식당에서 당신을 처음 보았을 때에는요, 가슴이 뛰더군요. 난생처음 심장이 이렇게 빨리 뛰어도 되는 건가, 싶을 정도로 나는 얼굴까지 빨개졌던 것 같아요. 영화배우처럼 잘생긴 어린 당신이 거기 앉아 있었거든요. 할 줄 아는 게 아무것도 없는 당신에게 돈 많은 아버지가 덜컥 식당을 차려줬는데 주방 일하던 남자가 돈을 갖고 튀어서 망하게 생겼다나요. 할 줄 아는 것도 없고 무능했지만 돈 많은 부모님 덕분에 아무런 노력도 없이 식당 사장이 되고 유산을 상속받는 삶. 나는 그런 게 신기하고 부러웠지요.

당신은 연신 줄담배를 피우면서 생전 처음 본 나한테 하소연을 하더군요. 줄담배를 피우던 당신의 손가락은 그런데 어딘지 조금 이상해 보였어요. 집게와 중지 손가락의 끝마디가 짧고 뭉툭했는데, 나는 실례인 것도 모르고 궁금해서 당신한테 물어봤죠.

손가락이 왜 그래요?

눈을 동그랗게 뜬 내가 신기해 보였는지 당신은 대답했죠.

그런 거 물어보는 사람 니가 처음이야.

아마도 아무도 그걸 물어본 적이 없었던가 봐요. 아무도 그걸 못 보았든지. 그냥 안 물어보는 게 예의라고 생각했든지 그건 잘 모르겠지만 당신은 이게 다 '금성 선풍기' 때문이라고 했죠. 열 살 무렵 이랬던가. 당신 집엔 우리나라 최초로 생산됐던 금성 선풍기가 두 대나 있었는데 조심성 없이 밝기만 했던 어린 당신은 어느 푹푹 찌던 여름날 선풍기 날개에 손가락을 넣었댔죠. 선풍기 날개는 낫으로 잡초 베듯 당신 손가락을 댕강 날려버리고도 맹렬하게 돌더라며 얼굴을 잔뜩 찡그렸어요. 그 뒤론 선풍기는 물론 날카로운 칼 따위도 전부 다 무섭다고 했어요. 부잣집 아이들은 모두 행복할 줄 알았는데 부자여도 끔찍한 일이 생기기도 하는 걸 보면 세상은 참 공평한 것 같아요.

당신의 뭉툭한 손가락을 어루만져주다가 나는 부엌으로 들어가 생닭을 잡아 목을 비틀고 털을 뽑고 부엌칼로 목을 쳐서 각 부위별로 해체하는 모습을 보여줬어요. 물이 팔팔 끓는 사이, 양파를 썰고 마늘을 까고 고추장이랑 고춧가루를 섞어 양념장을 만들었죠. 당신은 떡 벌어진 입을 다물지 못했어요. 동갑내기 아가씨가 어디서 이런 걸 다 배워왔느냐며 신기해했었죠.

부모도, 집도, 기댈 곳도 없던 내가 세상 다 가진 당신을 보면서 얼마나 부러웠는지 알고 있나요. 부러웠다가 질투심이 생겼다가 그게 욕심으로 변했던 것 같아요. 다 가진 당신을 갖게 되면 그게 다 내 것이 될 수 있겠구나, 생각했죠. 나도 학교 다닐 땐 공부를 꽤 잘했었는데 졸업 후 열넷의 나이에 부엌일 말곤 도무지 할 만한 게 없었어요. 식당일을 전전하다 숙련된 것뿐인데 당신은 호들갑을 떨며 내가 살아온 방식이 흥미롭다고 말했어요. 당신은 내 어깨에 몸을 기대며 속삭였죠.

동갑인데도 넌 진짜 엄마 같애.

아마 그때부터였을 거예요. 당신이 나를 진짜 엄마처럼 생각한 게. 칼을 저렇게 잘 쓰는 여자라면 내가 평생 의지하고 살아도 되겠구나, 그렇게 믿어버린 게 말이에요. 병아리나 오리 같은 조류들은 태어나자마자 처음 본 상대방을 엄마인 줄 착각하고 졸졸 따라다닌다면서요. 그게 사자든, 독사든 간에. 아마도 당신은 내가 무엇이었든 간에 날엄마 같은 여자라고 끝까지 믿었던 것 같아요.

당신은 술을 먹기 위한 핑계를 만들어내는 사람 같아 보였어요. 술을 먹으면 기분이 나빠지고 기분이 나빠지면 술을 찾고 술을 찾으려면 핑계를 찾아야 하는데 그런 것들은 온통 나와는 전혀 다른 세계의 일들뿐인 것 같았어요. 나는 매일 아침 가게에 나가 닭을 손질하고 야채를 다듬고 쌀을 씻고 테이블을 세팅하고 손님을 맞고 끝도 없는 설거지에 일이 끝도 없이 많았는데 당신은 그런 나의 일상과는 전혀 다른 것에 분노하고 있더라구요.

그런 당신의 머리맡에는 소주병과 소주잔이 늘상 놓여 있었고 그것들이 모두 갖추어져야 마음이 편안하다고 했어요. 하루라도 소주를 입에 대지 못한 날엔 마른 장작이 된 것 같은 기분이 들어 숨이 막힌다고도 했죠. 나는 가끔 기대한 적도 있었어요. 당신 혓바닥 전체로 소주가 스며들면 혈관이 서서히 녹아서 죽을 수도 있으려나 하고 말이에요.

무능한 당신 때문에 난 손이 열 개라도 모자랐어요. 에휴, 난 손이 열 개라도 모자라요. 내가 이렇게 투덜대면 손가락이 여덟 개뿐인 당신은 죽고 싶다고 소리쳤죠. 나 죽을 거야, 죽고말고. 이렇게 사느니 죽는 게 나아. 당신은 목에 핏대를 세워가며 그 말이 진심이 아니라면 손에 장이라도 지지겠다는 듯 소리치곤 했죠. 그렇게 술에 취해 잠이 들면 사라졌던 손가락이 새순이 돋듯 다시 자라나는 꿈을 꾼다고 했었어요. 언젠가는 꼭, 손가락이 다시 돋아날 것만 같아 꿈을 꾸고 난 뒤에도 손가락 끝이 간지럽다고 좋아했죠.

생각나요? 진규가 태어나서 내가 가게 일을 못해 가게 문을 잠깐 닫았을 때 당신이 잠깐 바깥 일도 했었잖아요. 당신이 하도 방구석에만 있으니까 내가 공사판 십장에게 돈 이백인가 찔러주고 시작했던 노가다 말이에요. 할 줄 아는 게 없었지만 그래도 사지가 멀쩡한 남자여서 받아주긴 했는데 당신은 일주일도 못 가서 사고를 냈어요. 벽돌을 이고 가다 2층에서 떨어져서는 갈비뼈랑 다리뼈가 금이 가 십장에게 업혀왔죠. 병원에 가자고 해도, 당신은 집에 누워만 있어도 뼈가 붙을 거라며 미련하게 집에만 있었지요. 술은 독약이라니까 술을 더 쏟아 붓고 이렇게 평생 사느니 죽는 게 나아, 이러면서 더욱더 바깥세상으로 나가길 싫어했어요. 얼굴에 하나둘씩 주름이 잡힌 채 절뚝거리게 된 당신은 더이상 백마 탄 왕자님이 아니었어요. 나는 왜 당신이 빨리 죽지 않는지 답답했어요. 매일 사는 게 괴롭고 미칠 지경이라던, 세상 모든 게 싫다던 당신은 왜 지겹도록 생명을 이어갔던 건가요.

고백하자면 나는 끊임없이 당신의 죽음을 돕기 위해 노력했어요. 당신은 방향감각이 별로 없었지요. 어딜 가나

길을 잃기 일쑤였고 왔던 길도 전혀 낯선 길 같다며 되돌
아나가곤 했어요. 당신은 나 없이 하루도 살 수 없는 사람
이었어요. 버려질까 봐 두려워서 갔던 길을 다시 되돌아가
지 못할까 봐 무서워서.

단풍놀이 가자며 들렀던 고속버스 휴게소에서도, 퇴근
시간 무렵 환승 지하철역에서도 당신, 나를 잃어버렸던 일
기억나요? 옆 동네에 크게 생긴 마트에서 길을 잃고 헤맸
던 일도요. 당신은 조명이 밝고 깔끔하게 정리된 대형 마
트가 낯설었는지 미로 같던 마트 통로를 돌며 줄곧 내 옷
깃을 놓질 않았었는데 나는 일부러 당신에게 어머 이 오징
어 좀 봐. 당신 안주하면 좋겠네, 이러면서 한눈팔게 해놓
고는 딴 길로 가서 숨었어요. 하지만 당신은 어떻게든 나
를 다시 찾았지요. 그런 일이 생길수록 당신은 나를 더욱
꼼짝 못하게 옆에 두고 가게에 따라나와 테이블 한켠을 차
지하고 술을 마셨죠. 나밖에 모르는데다 서빙조차도 어설
픈 당신이 너무 귀찮고 싫었어요.

차라리 아무것도 하지 마요. 그냥 방구석에서 술이나 마
시라고요.

죽기 한 달 전부터, 그러니까 너무 몸이 말라 비틀어져
서 방구석에 처박혀 한 발짝도 나올 수 없을 때조차도 당

신은 소주랑 안주들을 사오라고 했지만 막상 사다가 입에 넣어줘도 제대로 씹지 못하고 오물오물 거리다가 뱉어버리더군요. 과일즙이나 보리물만 겨우 들이키곤 했잖아요. 수시로 기침을 하고 가래를 뱉고 한번 기침을 하면 멈출 줄을 몰랐죠. 수시로 춥다고 이불을 두 개, 세 개 덮었는데 온몸이 땀에 흠뻑 젖었어도 추워, 추워, 하면서 이불을 턱밑까지 끌어당겼어요.

그런데도 당신은 병원에 절대 가지 않겠다고 말했지요. 나는 속으로 정말 다행이라고 생각했어요. 당신이 병원에 굳이 가지 않는 이유는 빨리 죽고 싶어서라고 했는데 나 또한 당신이 병원에 가는 게 싫었어요. 죽을 날이 확실치 않은 채로 치료비만 한정 없이 나오면 어떡해요. 당신은 하루라도 빨리 죽어야 하는데요.

당신이 죽고 나서야 진규가 왔어요. 당신이 그렇게도 미워하던 진규는 서울 강남의 높은 빌딩을 가진 좋은 회사에서 이번에 과장으로 진급했다지요. 진규는 과연 당신 따위에겐 과분한 존재였죠. 제대로 된 직업조차 가져 본 적이 없던 당신은 진규가 다니던 대학을 무시하고 진규가 합격한 회사를 무시하고. 진규가 결혼하겠다며 데려온 여자를 깔보았죠. 나이 많은 년이라는 몹쓸 말까지 면전에 대고 해버렸는데 진규는 그 말을 들은 후론 당신을 절대 용서하지 않겠다며 다신 오지 않았지요.

텔레비전을 보다 보니 잘 생긴 연하남이랑 결혼한 나이 많은 여자 연예인 이야기가 나오더군요. 손님들이 그러데요. 여자 생긴 게 꼭 쥐 잡아먹게 생기지 않았느냐고요. 남자 욕하는 사람은 하나도 없고 어째 여자만 욕하더라고요. 결혼이란 게 어차피 둘이서 마음 맞아 한 걸 텐데도, 나이 많은 여자가 마녀나 되는 것 마냥 그렇게 심한 욕들을 아무렇지도 않게 하데요. 나는 아무리 봐도 그저 평범한 여자 같아 보였는데 말이에요.

당신이 진규를 미워했던 이유는 아마도 당신 닮은 구석이 하나도 없어서였을 거예요. 당신은 검은 눈동자에 검은 머리카락, 유난히 높은 코를 가졌는데 진규는 갈색 눈동자와 머리카락, 게다가 코는 나지막하고 뭉툭해서 당신과는 전혀 달랐죠. 어릴 때부터 사람들이 수군대곤 했잖아요. 당신 씨가 맞는지 확인해봐야 하는 거 아닌가 하고 말이에요.

사실 진규는 태수학생이랑 더 판박이였죠. 우리 신혼 때 세 들어 살았던 태수학생 생각나죠. 시골에서 도시로 유학 왔다던 공업고등학교 학생이요. 졸업을 앞두고 해외 파견

직으로 취업 준비를 한다던 갈색 눈동자에 뭉툭한 코가 어쩐지 외국사람 같아 물었는데, 알고 보니 시골 토박이였잖아요.

태수라는 이름을 떠올리면 저는 동시에 그리움과 두려움, 두 가지의 단어가 동시에 떠올라요. 당신은 태수학생의 태, 자만 들어도 그 또래의 교복 입은 남학생만 보아도 몸서리치게 싫어했죠. 술만 마시면 태수라는 이름을 꺼내들고 나를 괴롭혔죠. 술병을 깨고 술상을 엎고 밤새도록 …… 그렇게 시끄러운데도 진규는 쌔근쌔근 잠을 잘 자더군요.

태수학생이 처음엔 나한테 주인아주머니, 라고 불렀는데 나는 그게 너무 어색해서, 너랑 별로 나이 차이도 안나, 그냥 누나라고 해, 라고 했다가 금세 친해지고 말았어요. 말을 놓으니까 신기하게도 둘 사이에 놓인 벽이 허물어지는 것 같더라구요.

나는 식당에서 닭 모가지를 치다가도 손님상을 치우다가도 태수가 떠올라서 설핏 웃음을 지었지요. 당신이 술 먹고 잠든 밤이면 태수학생 방으로 건너가 이야기를 나눴어요. 태수학생은 종종 내가 한 번도 가보지 못한 먼 나라 이야기를 자주 해줬는데 이란이라든가, 사우디아라비아,

이라크 같은 주로 중동지역 나라들에 대한 얘기였어요.

드디어 원하던 이라크 파견직으로 취업됐다던 어느 날은 태수학생이 뛸 듯이 기뻐하며 소식을 전했는데 난 하나도 기쁘지 않았지요.

나는 가지 말라고 매일 밤 울었어요. 그런 나를 끌어안아주던 태수학생은 떠나기 하루 전날, 손거울이랑 분첩을 선물로 주더군요.

찌든 아줌마처럼 살지 마. 누난 아직 어리고 예쁘니까.

그러면서, 나무 그늘을 보지 말고 나무 위에 빛나는 햇빛을 보라대요. 나보다 어린 녀석이 어떻게 그런 말을 자연스럽게 하는지. 그렇게 말하며 나를 지그시 내려다보던 태수학생 표정을 잊을 수가 없네요.

태수학생은 떠나고 나서도 종종 나한테 편지를 했죠. 해외에서 근무하더니 해외시장 전문가가 다 되었더라고요. 태수학생이 입사한 건설회사는 중동 진출을 개시하며 한창 해외시장 진출을 하던 때였는데 태수학생은 사우디아라비아 공항이며 학교 공사 현장에까지 투입되었다고 말했어요. 한 번도 가보지 못한 그곳의 이야기가 동화 속 이야기 같았어요.

태수학생은 국내로 돌아오자마자 우리 식당을 찾아왔

죠. 하지만 당신은 태수학생의 손에 들린 선물 보따리를 바닥에 내팽개치곤 나가라고 욕을 했잖아요. 태수학생은 화를 내기는커녕, 검게 그을린 얼굴로 빙그레 웃었는데 마치 모든 걸 이해한다는 듯한 표정이었죠. 나는 그 뒤로 태수학생을 한 번도 못 봤어요. 다만 텔레비전 뉴스에 중동의 어느 나라 이야기가 나오거나 아파트 공사장 같은 곳을 지나칠 때면 안전모를 쓰고 현장을 감독하는 남자들을 유심히 쳐다봐요.

당신은 당신이 죽거든 장례식 따위 절대 할 생각하지 말고 가루로 만들어 강물에 뿌려달라 했죠. 흉잡히지 않을 정도의 돈을 써야 하는 돈지랄도 싫고 마음과 정성, 친분의 척도가 되는 큰 화환이나 꽃다발은 더더욱 싫다 했죠. 당신은 그런 척도에 맞춰진 사람이 아니니까요.

나는 당신을 나무랐죠. 진규가 과장급이라 직장 동료, 상사들이 많이 올 텐데 아들 결혼식이며 손주 돌잔치, 당신이랑 나, 장례식도 꼭 치러야지 무슨 말이냐며 말이에요. 게다가 그동안 경조사비로 들인 돈이 얼마인데.

당신의 바람과는 달리 진규와 나는 당신의 장례식을 치렀어요. 당신을 위한 마음은 절대로 아니에요. 서울에서 세 손가락 안에 드는 종합병원의 제법 넓은 방을 빌려 사람들에게 부고를 알렸어요. 진규가 다니는 교회 목사님과 장로님, 전도사님과 교인들이 관광버스를 타고 조문을 왔죠.

장례식 첫날, 밀려드는 손님을 맞느라 정신없던 때 병원 관계자로 보이는 한 남자가 와서는 상주가 누구냐고 묻더군요. 진규가 나서려니까 그 남자는 진규 손에 고인의 주머니 속에 있던 유품이라며 무언가를 주고 갔어요. 유품이라던 그것은 동네 구멍가게에서나 쓸법한 검은 비닐봉투 속에 담겨 있는 것 같았는데, 진규와 나는 밀려드는 손님들 때문에 열어볼 겨를도 없이 신발장 속에 그걸 밀어 넣은 다음 손님들을 맞았었죠.

진규는 당신의 영정 옆에 비스듬히 선 채로 회사 대표와 동료들이 큰절하는 모습을 지켜보았어요. 회사 대표는 진규의 손을 부드럽게 매만지며 안주머니에서 봉투를 건네더라고요. 뒤이어 진규네 교회 심방대원들이 밀려들었고 심방대원들이 무릎을 꿇은 채 둥그렇게 앉아 성경책을 돌리고 나니까 주차하느라 늦었다며 목사님이 헐레벌떡 들어 왔어요. 진규는 기도하고 찬송가를 부르다 말고 회사 대표의 가는 길을 배웅하느라 목사님의 설교는 듣지 못했는데 나는 그게 내내 마음에 걸렸어요.

손님들이 다 돌아간 밤에 진규 색시랑 손주 녀석은 집에 가고, 진규랑 나만 장례식장에 남아서 조의금을 셌죠. 진규는 돈을 세다 말고 갑자기 뭔가 생각났다는 듯 일어나 신발장 속 검은 비닐봉투를 꺼내왔어요. 진규가 검은 비닐봉지를 마룻바닥에 쏟아붓자, 오래된 당신의 핸드폰과 무게감 없는 알루미늄 재질의 병뚜껑들이 묵직한 나무 바닥에 튕겨지면서 경쾌한 소리를 냈어요. 파도가 해변의 자갈들을 밀어내며 버무리는 듯한 소리였어요. 초록색의 알루미늄 뚜껑들엔 한결같이 참이슬, 참이슬, 참이슬… 두꺼비 그림이 그려진 진로 소주 眞(참 진), 露(이슬 로) 참된 이슬, 참이슬이라고 쓰여 있었어요. 어림잡아 스무 개는 넘어보였죠. 나는 어이가 없고 허망하기도 해서 그냥 피식 웃었는데 진규는 웃지 않고 말했어요.

세상 쓸모없는 노인네, 세상 쓸모없는 거나 모으고. 고작 이딴 게 유품이야?

진규는 검은 비닐봉지에서 쏟아져 나온 소주병 뚜껑들을 발끝으로 밀어내곤 오만 원, 오만 원 두장, 만 원 열 장. 다시 조의금을 셌어요.

나는 벽에 기대어 앉아 당신의 핸드폰을 열어보았죠. 저장된 번호는 내 번호, 식당 번호 딱 두 개, 갤러리에 저장된 사진은 열 장 남짓. 초점이 전혀 맞지 않아 흔들린 사진들 속에 들어 있는 건 전부 내 뒷모습뿐. 그제야 나는 항상 당신이 내 뒤에서 걸었던 걸 알게 되었죠. 나는 항상 당신보다 앞서 걸었고 당신은 아이처럼 뒤따라 왔었던 그 많은 세월들이 당신 핸드폰 속에 오래된 사진 몇 장으로 남아 있더라구요.

누군가, 염할 차례이니 지하로 내려오라며 손짓했어요. 진규는 가지 않겠다고 해서 나 혼자 지하로 내려갔어요.

누런 츄리닝 대신 수의를 입고 누워 있는 당신이 낯설었어요. 냉동실에 머물다가 차가워진 피부는 당신이 살아 있었을 때보다 오히려 매끄럽고 말랑말랑하더군요. 실리콘 재질로 만든 마네킹이 아닐까. 당신이 이토록 평안한 표정을 살아생전 본 적이 있었던가.

그리고 보니 당신, 정말로 죽었네요. 당신이 원하던 대로 정말로 죽었어요.

생각나요? 단골이던 손님이 금붕어가 식당에 있으면 돈이 굴러들어온대, 이러면서 금붕어 열 마리를 갖다 준 적이 있었잖아요. 중국에선 식당마다 어항이 있다고 하면서요. 하지만 여긴 중국이 아닌데 왜 그런 소릴 지껄일까. 정말 이상한 사람이야. 신경 쓸 일이 한두 개가 아닌데 구워 먹을 수도 없는 생선을 가져다 왜 굳이 돈 들여 시간 들여

먹이 주고 물도 갈아주면서 키워야 하는지 알 수가 없더군요. 하지만 당신은 자신이 키우겠다며 들고 집에 갔더랬죠.

예상대로 당신은 하나부터 열까지 나한테 시켰어요. 금붕어가 들어 있는 물 담긴 비닐봉지를 손에 든 채로 말로만 어항에 물 부어라, 플라스틱 화초도 갖다 넣어라, 아니 거기 말고 저기쯤. 이래가며 말이에요. 금붕어는 더러운 물에서도 오래오래 산다던데 당신은 지친 몸을 이끌고 온 나한테 금붕어 먹이 줘라, 물 갈아줘라, 잔소리를 했더랬죠. 나는 처음부터 금붕어를 왜 키우는지 알 수 없었는데 말이에요.

난 당신이 술 먹고 잠들면 어항 물 위로 살충제를 뿌렸어요. 열 마리였던 붕어들은 살충제 때문인지 띄엄띄엄 한 마리씩 물 위로 떠올라 죽었어요. 그런데도 덩치 큰 딱 한 마리 녀석만은 끝까지 죽지를 않더라구요. 당신은 그 금붕어가 마치 마지막 잎새라도 되는 것처럼 아끼고 보살피면서 정성을 다했어요. 물론 말로만 정성을 다했지요. 금붕어가 먹이를 너무 많이 먹으면 배 터져 죽기도 한다는 말을 어디선가 들어서 먹이를 한꺼번에 많이도 줘 봤는데요 진짜로 배가 터져서 죽을 것처럼 배가 볼록해졌는데도 죽지를 않더군요.

마지막 남은 금붕어 몸통 빛은 빛바랜 주황색이었고 머리엔 혹처럼 생긴 종양 같은 게 자라고 있었지요. 녀석은 어항 안쪽 유리벽에 자꾸만 머리를 부딪치며 어항 안을 맴돌았죠. 난 그 녀석이 제발 눈앞에서 사라져버렸으면 좋겠다고 생각했어요.

금방이라도 죽을 것 같던 금붕어는, 당신이 기력 없이 웅크리며 차갑게 식어가는 모습까지 다 지켜보았겠죠. 난 당신 숨이 멎자마자 금붕어를 손으로 건져다가 변기에 버렸어요. 변기 손잡이를 눌렀더니 세찬 물줄기와 함께 경쾌한 소리를 내며 사라져버리더군요. 이렇게 쉬운걸. 나는 왜 여태 그러지 못했던 걸까요.

마지막 날 밤 생각나요? 당신이 죽기 직전에 내가 물었잖아요.

당신, 할 말 있어요? 그러니까 당신이 나한테 꼭 하고 싶었던 말 같은 게 있느냐고요.

나는 당신의 시선을 애써 외면하며 말했어요. 나의 질문과 질문 사이엔 '마지막으로'라는 말이 생략되어 있었을 만큼 당신은 곧 죽을 것 같았지요. 금방이라도 숨이 넘어갈 것처럼 숨을 거칠게 몰아쉬었었는데, 천진하게 나만 바라보던 눈빛은 잊을 수가 없네요. 결국 난 당신에게 아무 대답도 듣지 못했었죠.

끊어질 듯 말 듯 여전히 숨이 붙어 있는 당신의 얼굴 위로 살충제를 뿌렸어요.

어머나, 이놈의 파리, 어째 죽지를 않아.

이러면서 방 구석구석을 돌면서 당신 머리맡 옷가지며 재떨이, 당신의 희끗희끗한 머리카락에도 턱밑, 코 가까이에까지 살충제를 뿌렸어요. 살충제가 당신 눈썹 위에도 이슬처럼 살포시 내려앉더라구요. 매일 당신이 잠든 후 그랬던 것처럼요.

아주 오래된 일이지만 어제 일처럼 선명하게 기억나는 일이 하나 있어요. 오늘처럼 구름도 없이 하늘이 참 맑은 날이었는데 새벽녘에 비가 내렸었는지 땅바닥이 촉촉하고 아침 공기가 무척 상쾌했어요. 그날은 국민학교 6학년 졸업식 날이었죠. 그날 난 성적우수상을 대표로 받기로 되어 있었는데 엄마가 안 왔어요. 누구나 받던 개근상을 받은 아이들도 대부분 부모님이 와서 꽃다발을 한 아름 안겨주던데 나는 대표로 상을 받고 내려왔는데도 꽃다발이 없었어요.

난 운동장 한켠에서 그네를 탔어요. 사진 찍느라 운동장에 삼삼오오 모여 있던 사람들이 다 빠져나갈 때까지요. 텅 빈 운동장을 가로질러 집으로 가는 길목에 작은 논두렁 길이 하나 있었는데 커다란 지렁이 한 마리가 꿈틀거리고 있더라구요. 몸 한쪽이 뭉개진 채로 다른 한쪽만 맹렬하게 꿈틀거렸죠. 아마도 지렁이에게 눈길 줄 겨를조차 없던 행복한 누군가가 무심결에 밟고 지나간 모양이었어요. 나는 빠른 걸음으로 지렁이에게로 달려갔어요. 그리곤 꿈틀거리던 지렁이의 반쪽을 발로 짓이겼어요. 화풀이로 그런 건 절대로 아니에요. 화풀이라니요. 지렁이의 고통을 빨리 끝내주고 싶었을 뿐이에요.

당신이 나의 이런 마음을 이해할 수 있을지 모르겠네요. 난 지렁이가 고통스럽게 오래오래 사는 것보다 고통을 빨리 끝내고 죽는 편이 훨씬 더 나은 선택이라고 믿었던 것 같아요. 지렁이는 죽어가며 나를 오해했을지도 몰라요. 잔인한 장난을 서슴지 않는 사내 녀석들의 허세 섞인 장난 같은 거라고 생각했을지도 모르죠. 아무래도 상관은 없지만 아직도 선명하게 기억나요. 지렁이가 움직임을 멈춘 그 찰나. 들녘에 머물던 바람과 쏟아지던 햇살과 고소한 흙냄새, 축축한 공기의 무게 같은 것 말이에요.

죽은 지렁이를 길 가장자리로 치워두고 집 마당으로 들

어섰는데 주인집 할아버지가 대청마루에 누워 코를 골며 자고 있더라구요. 아랫도리를 훤히 다 드러내 놓은 채로 말이에요. 미친 노인네! 엄마가 자주 혀를 끌끌 차며 하던 혼잣말이 떠올라서 과연 그렇구나, 생각했어요. 엄마는 그 할아버지 점심상 때문에 졸업식에 올 수가 없다고 말했었 죠. 엄마가 그 미친 노인네 밥상을 치우고 부엌에 들어가 설거지를 하고 있으려나, 그렇게 짐작하고 부엌으로 갔는 데 엄마는 부뚜막에 비스듬히 쓰러져 있었어요. 동공이 반 쯤 풀어져서는 나를 알아보지도 못하는 것 같았어요. 엄마 손목에선 피가 끊임없이 흘러나오고 있었는데, 그 많은 피 가 대체 엄마의 어느 곳에 다 들어 있었는지 모르겠더라 고요. 엄마는 나지막하게 숨을 할딱이고 있었는데 그 숨소 리에 맞춰 엄마의 영혼이 서서히 빠져나가는 게 보였어요. 나는 그 자리에 가만히 서서 지켜만 봤죠. 상장을 품에 꼬 옥 안은 채로요.

사실 그날 죽고 싶었던 건 지렁이가 아니라 나였는지도 몰라요. 풀숲에서 독이 잔뜩 오른 독사에게 물리면 참 좋 겠다. 이렇게 볕 좋은 날 독사에게 물려서 온몸에 독이 퍼 질 때까지 아무도 나를 발견하지 못했으면. 그래서 풀숲에 서 풀 내음에 파묻혀 서서히 죽어간다면 참 좋겠다고요.

나는 요즘 매일 약을 먹어요. 아픈 델 낫게 하는 약뿐만 아니라 몸에 좋다는 약초나 보약도 먹고, 보양 음식도 잘 챙겨요. 달여 먹고 끓여 먹고 갈아먹고 우려먹어요. 사슴 피며 흑염소, 자라, 지네 같은 것들도 씹을수록 고소하고 먹다 보니 꽤 기력도 좋아지는 것 같아요. 나의 하루하루는 더 오래 더 건강하게 살기 위해 애쓰는 삶이에요.

문득 다른 먼 나라 이야기가 궁금하네요. 이란, 사우디아라비아, 이라크 같은 다른 나라에서의 삶은 어떤 삶일까. 거기서는 하루를 어떻게 보내며 무엇을 먹고 어떤 사랑을 할까.

나는 이제 마음껏 서랍 깊숙이 넣어 둔 손거울과 분첩을 꺼내 화장을 해요. 손거울에 비친 나는 여전히 젊고 예뻐요. 나무 위를 비추는 햇살처럼요.

말과 삶의 행로

김태선

문학평론가

이 책에서 양정규는 서술자의 말하기를 독특한 소설의
장치로 활용하고 있다. 「실전, 모국어」에서는 '나'의 '거짓
말'을 다루며, 「매일 죽고 싶다던 복만 씨에게」에서는 '고
백'이라는 형식으로 이야기를 전개한다. '거짓말'은 사실과
는 다른 것을 사실처럼 꾸민다는 점에서 은폐의 화법이며,
'고백'은 감추어두었던 것을 드러내는 말하기라는 점에서
거짓말과는 대조를 이룬다. 그런데 양정규의 소설에서 각
각의 말하기는 또한 역설적인 움직임을 함께 펼친다.

「실전, 모국어」에서 '나'의 거짓말은 스스로 만든 덮개에
동시에 구멍을 내며 감추고자 했던 실재를 드러낸다. 「매
일 죽고 싶다던 복만 씨에게」에서 '나'의 고백은 숨겨왔던

모든 것을 드러내는 가운데에도 밝힐 수 없는 침묵의 자리를 남겨둔다. 언어는 정보 전달의 기능만 수행하는 것이 아니라 자신의 존재를 표현하는 매체이다. 이 점에서, 말은 발화하는 이의 존재 양식, 즉 에토스를 드러내기도 하고, 내밀한 욕망을 함축하기도 한다. 양정규의 소설은 '나'의 말하기가 빚어내는 삶의 행로와 사람 사이의 관계가 변화하는 양상을 면밀하게 추적하고 있다.

말하기라는 장치 외에도 「실전, 모국어」와 「매일 죽고 싶다던 복만 씨에게」에는 공통점이 하나 더 있다. 모두 서술자인 '나'의 이름만 제시되어 있지 않다는 점이다. '나'를 익명으로 등장함으로 인해, 우리는 이들이 소설에만 등장하는 예외적인 인물이 아닐 수 있다는 생각을 하게 된다. 이들은 우리 곁에 있는 누군가의, 혹은 어쩌면 우리 자신의 한 모습일지 모른다.

거짓과 실재의 말

「실전, 모국어」에서 이야기의 축을 이루는 것은 '나'의 거짓말이다. '나'는 곤경을 모면하기 위해 거짓말을 하곤 했다며 한 예로 미국에서 경찰에게 당한 일화를 전한다. 유아용 카시트 없이 아이를 태우고 운전하는 게 불법인 곳에서 '나'는 경찰에게 단속을 당하게 되자, '나'는 미국에 "오늘 도착했고, 카시트를 사기 위해 마트에 갔는데 깜빡하고 지갑을 놓고 와서 다시 집으로 돌아오는 길이었어."라며 둘러댔다는 것이다. 그러나 이내 뒷주머니에 있는 지갑을 들키자 '나'는 그것을 키홀더라고 다시 거짓말을 하기에 이른다. 곤란한 상황을 회피하기 위해서라 했지만, '나'는 마치 본능이나 습관처럼 불현듯 반복적으로 거짓말을 한다. 이 일화는 '나'와 그이의 아이인 민이의 관계가 어떠한 양상인지를 일러주기도 한다. '나'가 경찰에게 단속당한 까닭은, 민이가 거부한다는 이유로 카시트를 떼어냈기 때문이다. '나'는 민이의 요구라면 설령 그것이 그릇된 것이라도 모두 받아들였던 것이다.

'나'는 민이가 막무가내로 행동하더라도 "솔직히 말하자면 제어할 필요성을 느끼지 못했다. 민이가 제멋대로인 것 같지만 그래도 사람을 잘 가린다."며 아이를 훈육하려고 하지 않는다. 민이에게 마치 나름의 질서가 있어 훈육의 필요를 느끼지 못한다고 하지만, 사실 민이는 신체적 혹은 사회적으로 약자의 위치에 놓인 사람들이라면, 또래뿐만 아니라 어른들까지 무차별적으로 괴롭힌다. 그러나 '나'는 민이의 비행을 방관하거나, 누군가 아이의 비행에 대해 문제 제기를 하면 무마하기에만 급급했을 뿐이었다. 이러한 행동은 진실을 은폐한다는 측면에서 거짓말과 같은 움직임이다. '나'가 민이의 비행에 눈감는 일은 미국에서 더 심하게 일어났는데 그 이유를 '나'는 다음과 같이 말한다. "이곳에선 다시 더는 볼 것 없는 사람들뿐이라는 생각에 민이를 좀 더 즐겁고 자유롭게 뛰도록 놔두고 싶었다. 당하는 사람보다는 해하는 사람이 되는 편이 낫다고 생각했다. 맞는 놈이 되는 것보단 때리는 놈이 더 낫다." '나'가 이와 같은 생각을 갖게 된 배경에는 외상처럼 남아 있는 유년의 기억에서 그 근원을 찾을 수 있다.

미세스 장과 피아노에 관한 이야기를 나눌 때 '나'는 어린 시절 피아노 학원과 관련된 기억을 회상한다. 미세스 장에게는 자신의 손가락을 때리던 선생 때문에 학원을 그만두게 되었다고 했지만, "사실 피아노 학원을 그만둔 진짜 이유는 6개월째 밀린 레슨비 때문"이었다. 이 장면에서도 '나'는 미세스 장에게 거짓말을 한다. 진짜 이유를 말하기보다는 "여태 난 누구한테든 등짝 한 번 맞은 적이 없어."라면서 피아노를 그만두게 된 이유를 피아노 선생의 체벌이라 한 것이다. 하지만 여기에는 다른 진실이 숨어 있다.

"누구든 때리면 절대로 가만두면 안 된다. 감방에 처넣어야 한다."고 말하던 엄마였지만, '나'는 "우리 엄마 역시 자주 분노를 조절하지 못하고 나를 때렸다."고 밝힌다. 그렇다. 엄마는 거짓말을 했던 것이다. 그런데 엄마의 거짓말은 피아노 선생의 체벌을 비난함으로써 자신의 폭력을 숨기는 것으로 머무르지 않는다. 엄마는 거짓말을 함으로써 "6개월째 밀린 레슨비"를 부담할 수 없는 경제적 무능력을 은폐하고, 자신을 도덕적으로 올바른 사람으로 포장하는 것이다. 이렇게 엄마의 거짓말은 실제 모습을 감추고 남들에게 인정받을 만한 이미지를 꾸며낸다. 엄마의 거짓말을 보며 '나'는 타자의 인정을 얻는 왜곡된 방법을 배우게 된다. 어린 시절 레슨비를 6개월이나 밀려가면서 피아노 학원을 다니게 된 배경에도 자신들이 고급 취향을 지니고 있음을 인정받기 위한 엄마의 욕망이 담겨 있었을 터이다. 한편 엄마에게 구타당하며 자란 기억은 역설적으로 민이가 비행을 저지르더라도 못 본 체하고 은폐하는 왜곡된 사랑을 낳게 되었다. 이는 자신이 엄마에게 맞았다는 사실을 감추고자 하는 심리의 발로이기도 하다.

이처럼 '나'의 거짓말에는 곤경을 모면하기 위한 수단이 아니라 타자의 인정을 갈구하는 마음이 담겨 있다. 이는 미세스 장에게 거짓말을 하면서 그이의 반응을 살피는 '나'의 모습에서 엿볼 수 있다. "내 말을 믿고 나를 우러러보기까지 하는 모양새가 신이 나서 나는 한 술 더 떠 말을 보탰다." 이 말은 자신이 미세스 장에게 선망받는 대상이 되었다는 사실을 확인하며 그 상황에 도취된 감정을 여과 없이 드러낸다. 타인으로부터 인정받고자 하는 '나'의 심리를 소설의 다른 곳에서도 확인할 수 있다. 민이가 다니는 유아원에 관해 이야기할 때에도, 가까운 곳에 어린이집이 있지만 "유기농 식단과 독일에서 수입한 원목으로 만들어진 놀이터가 마음에" 든다는 이유로 통학 시간이 30분이나 걸리는 곳에 자리한 유아원을 선택한다. 이 역시 실용적인 이유보다는 타인에게 선망받는 이미지로 자신을 꾸미기 위한 목적이 크다.

그러나 에토스는 쉽게 바꾸기 어렵다. '나'가 아무리 자신을 교양 있는 중산층의 이미지로 꾸미고자 해도 본 모습은 잘 감춰지지 않는다. 소설의 도입부에서 "한국의 절반도 안 되는 가격에 사 온" 것이라며 미국에서 가져온 짐들을 나열하는 모습을 전할 때, 우리는 여전히 '나'에게 경제적으로 어렵게 살아왔을 때의 습관들이 남아 있다는 걸 보게 된다. 이렇게 많은 짐을 모두 가지고 오는 바람에 "원래 있던 짐 사이에 비집고 들어갈 틈이 없었다."고 하는데, 우리는 이 대목에서, 자신의 욕심으로 인해, 지난날 저지른 일들이 쌓여 수습할 수 없는 상황으로 닥쳐오리라는 암시를 받는다. '나'는 미세스 장에게 거짓말을 반복하며 돌이킬 수 없는 일을 만들고 만다. 상대가 자신을 인정한다는 감정에 도취된 '나'는 미세스 장으로부터 남편의 폭력에 시달리고 있다는 이야기를 전해 듣고는 "그놈 목을 따! 목을 따서 복수해."라는 말까지 하게 된다. 그러나 이 말 역시 '나'에게는 거짓말이다. 거짓말은 실재를 덮는 것뿐만 아니라 상징적인 차원과 현실적인 차원을 찢고 균열시킨다. 그러나 거짓말은 또한 그것이 만들어낸 허구의 덮개에 구멍을 내어 그 밑에 숨겨진 실재를 드러내기도 한다. '나'는 미세스 장이 자신을 '우러러본다'고 하였지만, '나'의 인정 욕구로 인해 둘의 관계는 역설적으로 '나'가 미세스 장에게 종속되는 사태로 나아간다.

미세스 장이 피아노를 가르쳐주겠다고 하자 '나'는 그이에게 그 제안을 승낙하는데, 한편으로는 더이상 민이를 맡길 곳이 없게 된 까닭이 한몫한다. 나아가 미세스 장의 아이인 데이빗이 민이의 괴롭힘을 아무 말 없이 모두 받아준 다는 이유도 있었다. 그러나 남편에게 복수하라는 '나'의 말로 인해 미세스 장은 일을 시작하게 되고, 결국 '나'는 피 아노 레슨비까지 미세스 장에게 지불하면서도 오히려 데 이빗을 떠맡게 되는 상황에 이르게 된다. 한국으로 돌아왔 을 때 '나'가 미세스 장으로부터 벗어나게 되었다는 사실 에 안도했던 까닭 중 하나는 이처럼 두 사람의 역전된 관 계 때문이기도 하다. 그러나 그보다 중요한 이유는 '나'의 거짓말이 자신의 의도와는 다른 결과를 낳기 시작했음을 알게 되었다는 데에 있다. 두 사람이 처음 만났을 때 미세 스 장의 모습은 '나'의 눈에 "거식증에 걸린 모델처럼" 보 일 정도로 모든 삶의 의욕을 잃은 모습이었으나, 남편에게 복수하라는 '나'의 거짓말을 들은 후 미세스 장은 "과한 액 세서리와 진한 화장으로" "뼈밖에 남지 않은 앙상한 체구" 를 감추며 품위 있던 예전의 모습과는 다른 말투와 행동을 하기 시작한 것이다. 어쩌면 '나'는 달라진 미세스 장의 모 습을 보며 자신이 해주었던 말이 실현될지도 모른다는 불 안을 느꼈던 게 아닐까.

이 지점에서 데이빗의 존재는 상징적이다. 데이빗은 말 을 하지 못한다는 점에서, '나'의 거짓말이 실재를 은폐하는 움직임으로 나타났던 것과 달리, 실재의 모습을 온전히 드러내는 존재의 역할을 한다. 소설의 결말부에서 미세스 장의 문자 메시지로 전해진 데이빗의 욕설은 '나'가 감추고자 했던 실재의 참모습을 들춰낸다. 그 말들은 모두 데이빗이 민이에게 괴롭힘을 당하면서 배우게 된 것들이자, 데이빗이 처음으로 발화하게 된 모국어이다. 데이빗의 말에는 '나'의 온갖 추악한 실재가 담겨 있다. 그것도 의미로 상징화된 모습이 아니라 욕설이라는, 실재의 구멍을 드러내는 말하기로 '나'의 민낯을 노출시키며 그 존재 자체를 문제 삼는다.

라캉의 말에 따르면 욕설이란 존재를 겨냥하는 말하기이다. 욕설은 상징적 기호에 머무르지 않고 실재의 구멍을 드러내며 청자의 존재에 상처를 입힌다. 우리가 욕설을 들을 때 감정을 제어하기 어려워지게 되는 이유가 거기에 있다. 데이빗의 욕설에 의해 들춰진 실재의 민낯을 마주함으로써 '나'는 공황에 빠져 휴대전화를 내던진다. 그러나 전화기의 화면이 부서졌음에도 민이는 그것을 주워들어 문자 메시지에 적힌 욕설을 또박또박 읽는다. 민이의 아이의 행동은, '나'의 거짓말이 만들어낸 현실이 실재의 구멍처럼 입을 크게 벌린 채 삶을 집어삼키러 다가오고 있다는 사실을 일러준다. 소설의 마지막 말은 이렇다. "그런데 나는 문득 궁금해지는 것이다. 미세스 장이 진짜로 그놈 목을 땄나?" 다음 순서는 '나'일지도 모른다. 거짓말로는 더이상 피할 수 없는 실전이 다가오고 있는 것이다.

고백과 자유의 말

「매일 죽고 싶다던 복만 씨에게」는 남편인 복만이 세상을 떠난 뒤 그에게 보내는 '나'의 전상서 혹은 고백록 형식의 이야기이다. 자기 고백적인 이야기이기에 「실전, 모국어」의 '나'가 거짓말로 실재를 은폐하려 한 것과 달리, 「매일 죽고 싶다던 복만 씨에게」의 서술자인 '나'는 자신이 마주한 것들을 비판적으로 바라본다. 남편은 "매일 죽고 싶다고" 하면서 아무 일도 하지 않고, 나아가 아들 진규를 미워하기까지 한다. 그런 남편의 몫까지 떠맡아 가계를 꾸리고, 어려운 살림살이에도 남들처럼 아들을 키우기 위해 '나'는 "손이 열 개라도 모자랐어요."라고 말할 만큼 바쁘고 힘든 삶을 살아야 했기 때문일지도 모른다.

복만은 여러 가지 면에서 '나'와는 대척점에 서 있는 인물이다. '나'의 시각에 따르면 복만은 유복한 환경에서 자라 고등학교까지 마치고 부모 덕에 아무런 노력 없이 식당 사장도 되고 유산까지 물려받은 신기한 삶을 사는 인물이다. 반면에 '나'는 어려서부터 불우한 환경에서 자라왔고 아무리 노력해도 얻을 수 있는 것은 많지 않았던 것이다. 젊은 시절 '나'는 그런 복만에게 이끌리기도 했다고 고백한다. 그러나 복만은 세상에 불만을 가진 채 술만 마실 뿐, 다른 것은 아무것도 할 줄 모르는 인물로 묘사된다. 나아가 '나'의 말에 따르면 "당신은 매일 죽고 싶다고 했죠. 하지만 도무지 당신은 죽으려는 노력도, 시도조차도 하지 않았어요"라고 한다. '나'는 한때 복만을 이해해보려 하기도 하고, "나는 당신이 스스로 그 껍데기를 깨고 나오길 바랐던 적도 있었죠."라고 한 적도 있다. 그러나 복만은 자신을 둘러싼 껍질을 깨려는 노력을 하지 않았다. 곤달걀 속 병아리처럼 성장을 멈춘 채 그 안에 갇혀 있었을 뿐이다.

'나' 역시 복만이 살아 있는 동안의 그에게 갇힌 채 노예와 같은 삶을 살아야 했다. 하루 종일 가게 일을 하고 나서도 복만의 입맛을 맞추기 위해 "나는 오직 당신 한 명만을 위한 음식들을 따로 사야 했어요."라고 말하는 것처럼 끊임없이 일을 해야 했다. 나아가 파리를 잡는 일처럼, 복만이 하기 싫어하는 것들까지 모두 '나'의 몫이었다. "나는 무엇이든 해야 했죠. 아무것도 못 하는 당신 때문에요." '나'는 복만에게 속박된 노예와 같은 삶을 살며 "무엇이든 해야 했죠."라고 하지만, 이 말은 또한 자신이 무엇이든 할 수 있는 사람이라는 의미를 내포한다. 두 사람의 관계는 마치 헤겔의 주인과 노예의 변증법을 떠올리게 한다. 복만은 경제력을 통해서 '나'를 자신에게 종속시키지만 노동을 하지 않는 자이다. 반면에 주인을 대신하여 일을 하는 노예와 같은 삶을 사는 '나'는 그 노동을 통해서 '할 수 있음'을 펼친다. '나'의 할 수 있음, 즉 노동과 행위를 통해서 종속관계는 역전되고 복만은 '나'의 능력에 예속된다.

　문제는 '나'와 복만의 종속관계가 역전되더라도, 여전히 둘을 맺고 있는 관계의 형식은 예속이며, 이는 다시 서로에게 족쇄로 작동한다는 점이다. 복만은 자신의 무능력을 무기로 아이처럼 다시 '나'를 묶어두는 것이다. 이로써 서로가 서로에게 예속되는 악무한이 이루어진다. '나'는 그와 같은 상황에서 벗어나 완전한 자유를 누리기 위해 "당신을 죽이는 상상을 하곤 했어요."라고 고백한다. 그러나 '나'는 적극적으로 복만을 죽음에 이르게 하지는 못한다. 그러한 일은 또한 자신을 살해하는 일이나 다름없기 때문이다. 죽고 싶다고 말하는 복만과 다르게 '나'는 삶을 선택한 사람이다. 그러나 이 같은 태도는, '나'가 소설의 마지막 대목에 이르러 들려주는 유년 시절의 사건을 생각해 본다면 놀라운 일이다.

'나'가 국민학교 졸업 이후 학업을 더 이어갈 수 없었던 까닭은, 그이의 국민학교 졸업식 날 엄마가 세상을 떠났기 때문이다. 집에 도착했을 때 '나'가 마주한 장면은 "주인집 할아버지가 대청마루에 누워 코를 골며 자고 있더라구요. 아랫도리를 훤히 다 드러내 놓은 채로 말이에요."라고 묘사되어 있다. 그에 이어서 '나'는 "부뚜막에 비스듬히 쓰러져" 있는 엄마의 모습을 목격하게 된다. 어린 시절의 눈으로 본 것이기에 이 장면은 어떤 의미로 해석된 채로 기술되어 있지는 않다. 정황상 엄마가 목숨을 끊은 까닭은 '주인집 할아버지'에게 성을 착취당했기 때문으로 보인다. 유년 시절의 이 기억은 '나'에게 생의 무상함을 각인시키는 트라우마가 되었을 것이다. "사실 그날 죽고 싶었던 건 지렁이가 아니라 나였는지도 몰라요."라고 말하며, 실은 비참한 생을 끝내고 싶었던 것은 복만이 아니라 자신이었을지도 모른다고 한다.

복만과 함께 살게 된 이후, 그러나 아직은 젊은 시절이던 어느 날 '나'가 태수학생이라 부르는 이와의 만남은 '나'에게 살아가야 하는 의미를 일깨우도록 하였다. 어쩌면 힘겨운 상황에서도 아들 진규를 "남들처럼 학원에도 보내고 수련회도 보내고 대학에도" 보내기 위해 "다른 집 가장들이 하는 모든 일을" 도맡아 한 까닭 역시 태수와의 만남에서 다시 얻게 된 삶의 의미 때문일지도 모른다. "태수라는 이름을 떠올리면 저는 동시에 그리움과 두려움, 두 가지의 단어가 동시에 떠올라요."라고 '나'는 전한다. '그리움'이라는 단어를 떠올리는 까닭은 소설의 마지막 단락에 암시되어 있다. "문득 다른 먼 나라 이야기가 궁금하네요. 이란, 사우디아라비아, 이라크 같은 다른 나라에서의 삶은 어떤 삶일까." 그렇다. 태수는 '나'에게 지금까지의 고통스러운 생과는 다른 삶을 상징하는 이름이다. 또한 복만이 '나'에게 원했던 것은 '엄마'의 역할이었지만, 태수는 '나'에게 손거울과 분첩을 선물하며 "누난 아직 어리고 예쁘니까 찌든 아줌마처럼 살지 마"라고 말해주었다. '나'는 태수의 말을 통해 그동안 억압하고 묻어두어야만 했던 여자의 삶, 그리고 '나로서 사는 일'을 생각할 수 있게 된 것이다.

그런데 태수를 떠올리며 두려움을 느끼는 까닭은 직접 서술되어 있지 않다. 복만에게 고백하는 형식으로 쓰인 이야기이지만 '나'에게는 끝까지 밝히지 않은 비밀이 하나 더 있는 것만 같다. 그런데 '나'가 아들 진규의 얼굴 생김새를 묘사하는 장면에 그 두려움의 이유가 암시되어 있다. '나'의 말에 따르면 진규의 얼굴이 복만과는 전혀 닮지 않고 오히려 태수의 얼굴을 닮았다는 것이다. 복만이 진규를 미워했던 까닭은, 진규가 태수의 아이일 것이라 생각했기 때문으로 보인다. 아마도 진규가 태수의 아이라는 게 사실이라면, '나'가 태수의 이름을 떠올리며 두려움을 느끼는 까닭 역시 그와 연관이 있을 터이다. 하지만 '나'는 그에 대해선 침묵한다. 만일 진규가 태수의 아이라면, 그것이 밝혀질 경우, 다른 세상으로 나아가기 위해 자신이 인고해온 시간들이 부정당할 수 있다는 두려움이 그에 관한 말하기를 억압했을지도 모른다. 모든 것을 고백하더라도 누구에게나 끝까지 밝힐 수 없는 내밀한 비밀이 있다. 어쩌면 '나'에겐 그 비밀이 생의 비참함 속에서도 자기 자신을 지킬 수 있게 한 힘일지도 모른다.

그렇다. '나'는 온전히 자신의 삶을 살기 위해 복만의 죽음을 기다려야만 했다. 그런데 이 점에서 '나'는 스스로 행위하며 문제를 해결하는 주체라기보다는 주어진 삶에 수동적으로 대처하는 무기력한 인물로 보일 수 있다. 또한 태수라는 또 다른 남성을 통해서 다른 세계를 꿈꿀 수 있게 되었다는 조건 역시 '나'의 한계로 보인다. 그러나 '나'에게 복만은 그저 남편이기만 했던 것이 아니라, 이 땅의 여성들이 강요받아야 했던 가부장적 질서 그 자체를 상징한다. '나'가 바랐던 것은 복만의 죽음만이 아니라, 가부장적 질서와 경제적 곤란 등 그이를 옭아매고 있는 생의 질서였을 것이다. 그리고 부엌일 밖에 할 줄 아는 게 없기에 자신의 삶을 남편에게 속박당해야 했던 과거 자기 자신의 모습도 그 목록에 들어갈 것이다. 현실적인 여건에서 질서를 뛰어넘는 일은 힘겨운 투쟁과 인내를 요한다.

'나'는 살아남기 위해 어린 시절부터 부엌일을 하였다. 이 때문에 할 줄 아는 게 부엌일밖에 없었다고 하지만, 그럼에도 이 능력은 복만으로 상징되는 무능한 남성의 세계와는 다른 자유의 영역에 속한다. 소설의 도입부에서 "당신은 내가 통 웃질 않는다면서 참 이상한 여자야"라고 하는 복만의 말을 반박하며 '나'는 "당신은 몰랐겠지만, 나는 사실 잘 웃어요."라고 말한다. '나'는 "잘 벼려진 칼로 닭 모가지를 내리칠 때 특히 잘 웃었는데"라며 자신이 언제 웃는지 일러준다. 닭을 손질하는 수준을 넘어 장난감처럼 주무르면서 '나'는 행복해한다. 다소 그로테스크하게 보이는 장면이지만, 이는 '나'가 자신의 능력을 마음껏 발휘하며 일종의 자유를 느끼고 있다는 사실을 일러준다. 엄마의 죽음과 함께 시작된, '나'를 옭아맸던 사슬을 그와 같은 행위로써 다스릴 수 있다는 희열이 '나'를 웃게 했다. 그럼에도 그이가 다스리는 것은 타자의 죽음일 뿐 자기 자신의 것은 아니다. 이때의 자유 역시 순간적인 것에 머무를 뿐이다. '나'가 그토록 다른 세계를 꿈꿨던 까닭은 그와 같은 사실을 알았기 때문일 터이다.

일흔을 넘긴 나이이지만, 이야기를 마치는 곳에서 '나'는 "나는 여전히 젊고 예뻐요. 나무 위를 비추는 햇살처럼요." 라고 말한다. 앞서 '나로서 사는 일'에 관한 생각을 일깨워 준 이가 남성이라는 점을 문제 삼았지만, 그러나 그 삶을 실행에 옮기겠다고 결정한 주체는 '나'이다. '나'는 고백과 긍정의 말하기를 하며, 자신을 구속했던 운명이라는 짐을 벗어 던진다. '나'는 스스로를 긍정하고 다른 곳에서의 삶을 꿈꿀 수 있는 사람이기에, 속박에서 벗어나 새로운 곳을 향해 나아갈 것이다. 가야 할 길을 스스로 선택할 수 있을 때 진정한 자유가 시작된다.

오물거릴수록 맛있어지는 말들, 그 생각들을 곱씹을 때 뇌에서 나는 소리, 그걸 종이에 옮겨 적을 때 흑연에서 나는 냄새, 흑연에서 검은 글씨들이 하얀 종이 위로 글씨를 쏟아내는 광경, 한 장을 빼곡하게 채운 다음 페이지를 넘길 때 느껴지는 손끝의 감촉. 소설 쓰는 과정에서 느껴지는 그 모든 감각들을 좋아한다. 그 감각들을 모두 불러내 낯익은 것을 현미경으로 가만히 들여다보면 무엇이든 낯설고 기이해지는데 그런 과정들이 즐겁고 설렌다.

나의 소설 쓰기는 자아분열 행위다. 내 안에 서로 모순되는 여러 자아가 존재하는데 소설은 그것들을 끄집어내어 새로운 존재로 형상화시켜준다. 형상화된 존재는 나의 피를 맹렬히 순환시켜주다가도 금세 어딘가에 가로막혀 나를 아프고도 쓸쓸하게 만든다.

골방에서 전래동화 전집을 스무 번도 넘게 읽던 다섯 살 아이는 초중고 시절 상 받는 게 뿌듯해 글을 짓다가 당연한 수순으로 문예창작학과에 들어가 어른이 된 후, 2020년 늦은 여름 첫 소설집을 펴냄으로써 앞으로도 '그래, 소설을 계속 써도 된다'는 허락을 받게 됐다.

나의 첫 소설집이 당신의 시선이 미처 발견하지 못했던 사각지대를 비춰주길 바란다. 당신의 위치와 바라보는 방향에 따라 관심이나 영향이 미치지 못하는 어떤 공간. 그 공간들을 위해 이 소설이 기꺼이 사용되었으면 좋겠다.

내가 쓴 글 옆에 멋진 그림을 그려주던 여중 단짝 수진, 책 읽고 함께 토론하던 여고 사드래 동기들 지연, 유정, 영희, 선아. 추계예대 문창과 문우들과 진보문학회 동지들, 나에게 다시, 소설을 시작해 보자며 함께 손잡고 이끌어준 혜진, 다락방에서 합평하며 소설가로의 꿈을 함께 키웠던 소설추계 동인 민식, 기수. 새내기였던 나의 재능을 알아봐주고 이끌어주셨던 김정하 교수님, 상명대학원 소설창작과 문우들, 박범신, 은희경, 김나정 교수님. 등단 소식에 나보다 더 기뻐해주셨던 김성중 작가님. 부족한 소설을 선정해주신 경기문화재단, 첫 소설집을 정성스럽게 편집해주신 청색종이 출판사 김태형 선배님. 소설창작합평모임 한적한 삶 문우들.

죽고 나서야 가끔 꿈에 나타나 지그시 웃어주는 방구석

정치평론가 아빠. 항상 나를 드높여주고 응원해주는 수필가 엄마. 어릴 적부터 늘 곁에서 소설적 영감을 부어주는 스피치 강사 오빠. 심장처럼 나를 매일매일 살아 있게 해주는 원동력 세은, 권우 그리고, 그럼에도 불구하고 사랑을 알게 해준 나의 평생 친구 영훈에게 첫 소설집을 바친다.

마지막으로 감사의 마음을 전하고 싶다. 내 이야기에 귀 기울여 공감해줄 미래의 내 독자들에게. 수많은 생각과 이야기들을 속삭여주던 숱한 나의 밤들에게.

경驚.기記.문文.학學 35

실전, 모국어

양정규 소설집

초판 1쇄 발행 2020년 9월 15일
　　2쇄 발행 2020년 11월 16일

지은이	양정규
펴낸이	김태형
펴낸곳	청색종이
등록	2015년 4월 23일 제374-2015-000043호
주소	서울시 영등포구 문래동2가 14-15
전화	010-4327-3810
팩스	02-6280-5813
이메일	theotherk@gmail.com

ISBN 979-11-89176-35-8　03810

이 도서의 국립중앙도서관 출판예정도서목록(CIP)은 서지정보유통지원시스템 홈페이지(http://seoji.nl.go.kr)와 국가자료공동목록시스템(http://www.nl.go.kr/kolisnet)에서 이용하실 수 있습니다.(CIP제어번호: CIP2020036246)

이 도서는 경기도, 경기문화재단의 문예진흥기금으로 발간되었습니다. 저작권법에 따라 보호받는 저작물이므로 저작권자와 출판사의 허락 없이 복제하거나 다른 용도로 사용할 수 없습니다.

값 10,000원